OS FILHOS DA CANDINHA

CONHEÇA NOSSO LIVROS
ACESSANDO AQUI!

Copyright desta obra © IBC - Instituto Brasileiro De Cultura, 2023

Reservados todos os direitos desta produção, pela lei 9.610 de 19.2.1998.

1ª Impressão 2024

Presidente: Paulo Roberto Houch
MTB 0083982/SP

Coordenação Editorial: Priscilla Sipans
Coordenação de Arte: Rubens Martim
Produção Editorial: Eliana S. Nogueira
Diagramação: Lucila Pangracio
Revisão: Cláudia Rajão

Vendas: Tel.: (11) 3393-7727 (comercial2@editoraonline.com.br)

Foi feito o depósito legal.
Impresso na China

	Dados Internacionais de Catalogação na Publicação (CIP) de acordo com ISBD	
A554f	Andrade, Mário de	
	Os Filhos de Candinha / Mário de Andrade. - Barueri : Editora Itatiaia, 2024.	
	112 p. ; 15,1cm x 23cm.	
	ISBN: 978-65-5547-972-0	
	1. Literatura brasileira. I. Título.	
2024-400		DU 821.134.3(81)
	Elaborado por Odilio Hilario Moreira Junior - CRB-8/9949	

IBC — Instituto Brasileiro de Cultura LTDA
CNPJ 04.207.648/0001-94
Avenida Juruá, 762 — Alphaville Industrial
CEP. 06455-010 — Barueri/SP
www.editoraonline.com.br

sumário

ADVERTÊNCIA 7

EDUCAI VOSSOS PAIS – 1930 9

MACOBEBA – 1929 11

O DIABO – 1931 13

O CULTO DAS ESTÁTUAS – 1929 17

O GRANDE CEARENSE – 1928 20

CONVERSA À BEIRA DO CAIS – 1938 22

FOI SONHO – 1933 24

MORTO E DEPOSTO – 1929 27

SOBRINHO DE SALOMÉ – 1931 29

A PESCA DO DOURADO – 1930 31

BRASIL-ARGENTINA – 1939 33

ABRIL – 1932 36

ANJOS DO SENHOR – 1930 38

ROMANCES DE AVENTURA – 1929 40

NA SOMBRA DO ERRO – 1929 42

O TERNO ITINERÁRIO OU TRECHO DE ANTOLOGIA – 1931 44

FERREIRA ITAJUBÁ – 1929 47

CAI, CAI, BALÃO! – 1932 49

REVOLUÇÃO PASCÁCIA – 1930 52

LARGO DA CONCÓRDIA – 1932 55

SOCIOLOGIA DO BOTÃO – 1939 57

XARÁ, XARAPIM, XÊRA – 1930 60

O DOM DA VOZ – 1939 62

MEMÓRIA E ASSOMBRAÇÃO – 1929 65

MEU ENGRAXATE – 1931 67

BOM JARDIM – 1929 69

BIBLIOTECONOMIA – 1937 71

A SRA. STEVENS – 1930 74

VOTO SECRETO – 7-XI-1934 77

PROBLEMAS DE TRÂNSITO – 1939 79

MESQUINHEZ – 1929 82

GUAXINIM DO BANHADO – 1929 84

TACACÁ COM TUCUPI – 1939 86

FÁBULAS – 1931 89

MEU SECRETA – 1931 91

REI MOMO – 1935 93

IDÍLIO NOVO – 1932 95

MOMENTO PERNAMBUCANO – 1934 97

ENSAIO DE BIBLIOTHÈQUE ROSE – 1930 99

CALOR – 1939 102

RITMO DE MARCHA – 1932 106

TEMPO DE DANTES – 1929 108

ESQUINA – 1939 110

Advertência

As crônicas ajuntadas neste livro foram escolhidas de preferência entre as mais levianas que publiquei — literatura. Faço assim porque me parece mais representativo do que foi a crônica para a minha aventura intelectual. Nunca fiz dela uma arma de vida, e quando o fiz, frequentemente agi mal ou errado. No meio da minha literatura, sempre tão intencional, a crônica era um sueto, a válvula verdadeira por onde eu me desfadigava de mim. Também é certo que jamais lhe dei maior interesse que o momento breve em que, com ela, brincava de escrever. É o que, em geral, este livro deve representar.

Os filhos da Candinha já estarão dizendo que eu podia escolher outras, ao menos pelo assunto, mais justificáveis dentro das preocupações intelectuais de agora. Mas por isso mesmo que todas, essas como as que vão aqui, foram escritas no momento de libertação, as mais "sérias" me desgostam muito, por deficientes e mal pensadas. Não representam o que sempre eu quis fazer.

No ato de passar a limpo, estas crônicas foram bastante encurtadas e corrigidas. Não pude ficar impassível diante de encompridamentos de exigência jornalística, bem como desta aspiração amarga ao melhor. E também fiz várias reposições de linguagem. Às vezes os jornais e os editores ainda se arrepelam com a minha gramática desbocada, me corrigem, e disso derivam numerosos lusismos escorregados nos meus escritos. Bem contra meu gosto aliás, pois não tenho a menor pretensão de rivalizar com o português de Portugal. Pretensão sensível mesmo em muitos escritores "vivos" do Brasil, que os prova néscios e os torna bem ridículos.

MÁRIO DE ANDRADE
São Paulo 24 de novembro de 1942.

Nota do Editor: A revisão textual das obras de Mário de Andrade deve respeitar a importância do estilo linguístico do autor para a literatura brasileira. Seu modo de escrever é absolutamente pessoal, com grafias, concordâncias e até mesmo uso de vírgulas que tornam sua escrita única e genial. Por esse motivo é importante a manutenção de sua dicção, evitando, assim, que o contexto seja prejudicado, e valorizando as obras inestimáveis desse que é considerado um dos mais importantes nomes do Modernismo Brasileiro. Desse modo, a opção do IBC (selo Itatiaia) é o ajuste às novas regras ortográficas sem alterar o estilo das obras apresentadas, garantindo, dessa maneira, a continuidade das escolhas do autor.

Educai vossos pais
1930

Nós ainda somos apenas educados pelos nossos pais... Se vê a criança detestando quanto os pais detestam... Depois começa desequilíbrio e hipocrisia. É o tempo do "no meu tempo"... O rapaz, a morena é um bloco maciço de modas novas. Os pais detestam essas modas e querem torcer a gente para o caminho que eles fizeram, na bem-intencionada vaidade de que são exemplos dignos de seguir. A gente, não é que não queira, nem pode! Se vive em briga, mentira, dá vontade de morrer.

Creio que para a felicidade voltar, tudo depende do moço. O milhor é a gente se fazer passar por maluco. Faz umas extravagâncias bem daquelas, descarrila exageradamente umas três vezes, depois organiza uma temporada dramática aí de uns quinze espetáculos. Fazendo isso com arte e amor até é gostoso. "Nosso filho é um perdido", se dizem os pais. Sofrem a temporada toda, você com muito carinho abana o sofrimento, mas sustenta a mão. E eles afinal sossegam, reeducados. E você conquistou a liberdade de existir.

Há, por exemplo, o caso da cadelinha Lúcia que me impressiona bem. A cadelinha Lúcia era uma espécie de Greta Garbo, mais maravilhosa que linda. Você podia ficar tempo contemplando bem de perto os olhos inconcebíveis dela, a cadelinha Lúcia não dava um avanço pra abocanhar nosso nariz. Então chegava a primavera. Você cansava, não dando mais atenção e a cadelinha Lúcia virava um sabá de flores de retórica, latidos, estalidos, luzes, festa veneziana, a guerra de 14 e o cisne de Saint Saens-Paulova.

Me esqueci de contar que ela era branca. Um branco tamisado de esperanças de cor, duma riqueza reflexiva tão profunda que, não sei si por causa dela se chamar Lúcia, a gente sentia naquele esborrifo andante os valores da única maravilha desse mundo que tem direito a se chamar de Lúcia, a pérola.

Lúcia era brabinha como já contei e alimentava grandes ideais. Ninguém entrava no jardim sem sabá. Isso ela vinha que vinha possuída de toda a retórica do furor e mais os dentes. Mordia. Estragava a roupa, era uma dificuldade.

Porém, a gente percebia que a cadelinha Lúcia não era feliz. Não lhe satisfazia arremeter eficaz contra os humanos, e pouco a pouco, na contemplação latida das grades do seu jardim, lhe brotara um ódio poderoso contra os vultos gigantes da rua. Um dia afinal, pilhando o portão aberto, saiu como uma sorte grande, era agora! Olhou arrogante, e enfim vinha lá longe, num heroísmo de polvadeira, o grandioso bonde. Lúcia esperou, acendrando ódio na impaciência, e quando o bonde já estava a uns vinte metros, ei-la que sai em campo, enfunada, panda, côncava de pérolas febris. Atira-se e compreende enfim. O bonde só fez jugue! e quebrou a mãozinha direita da cadelinha Lúcia.

Vocês imaginam o que foi aquela morte de filho em casa. Correrias, choro, médico, telefonemas, noites em claro... A cadelinha Lúcia salvava-se, mas ficava manquinha pra sempre. Quando veio do hospital, convalescente e com o enorme laço de fita no pescoço, milagre! O laço parava no lugar. Continuava o maravilhoso bichinho, mas a alma era outra.

Dantes preferira a glória ao amor. Agora queria apenas a beleza e o amor. Mansa, pusera de parte os dentes e os ideais, e todos a adoravam. E pouco depois dos tratamentos do hospital, teve os primeiros filhos. Pedidos, presentes, mas um ficou na casa.

Chincho foi educado nessa mansidão. Não era possível a gente imaginar uma doçura mais suave que a do cachorrinho Chincho. Ora, bons tempos depois, eu indo naquela casa, a cadelinha Lúcia estava no gramado entredormida. Eis que ergue a cabecinha, se esborrifa toda e geme um ladrido desafiante, porém muito desamparado. O que eu vejo! Sai detrás da casa o cachorrinho Chincho, e vem num sabá furioso sobre mim, quase recuei, sai, passarinho! Que sair nada! Olhou pra mãe, lá na sua grama, hesitante:

— Ajuda, minha velha!

E ela veio reeducada, furiosa pra cima de mim. Me chatearam, quase me morderam. Depois, quando a criada me salvou, ficaram brincando na grama, parceiros, muito em família. Educai vossos pais! Não dou três meses, e o cachorrinho Chincho fará a cadelinha Lúcia odiar os bondes outra vez. Pode ser que ambos percam a vida nisso, mas não é a vida que tem importância. O importante é viver.

Macobeba
1929

No geral tenho um pouco de fadiga diante das assombrações. Acredito nelas e reconheço que são uma fonte de sensações intensas, porém, me fatiga a plástica precariedade que elas têm, não variam!

Inda agora está aparecendo, no sul litorâneo de Pernambuco, uma assombração regularmente assombrada. É o chamado Macobeba, bicho-homem dum tamanho de arranha-céu, gostando muito de beber água de oceano e queimar terra. Onde que passa, fica tudo esturricado, repisando a trágica obsessão nordestina pelas secas. E por causa da mesma obsessão, o Macobeba sedentíssimo bebe até água de mar. As marés andam desordenadas por lá e às vezes o Atlântico afunda a ponto de aparecerem baixios onde nunca olhar de jangadeiro pousou.

No corpo, o Macobeba é apenas um exagero. Não tem nada de original. Gigante feio, mas cabeça, tronco e membros que nem nós. Cabelo de pé, quatro olhos e rabo metade de lião, metade de cavalo. E faz o que no geral fazem todas as assombrações desse gênero assusta, mata, prejudica. Só teve até agora uma deliciosa prova de espírito: carrega sempre uma vassoura de fios duros, maravilhosamente inútil. Não serve-se dela pra nada. Ora porque será que o Macobeba traz uma vassoura na mão...

Muito provavelmente esta vassoura é uma reminiscência daquelas bruxas que montavam cabos da tal quando partiam para as cavalhadas do sabá. Muito provavelmente. Porém, a grandeza do Macobeba está em trazer uma vassoura inteira (o que prova certa elevação de nível de vida), e não se servir dela pra nada. Capitalismo... Nisso reside pra mim a atualidade do grande monstro.

...só uma vez na minha vida estive em contato objetivo com uma assombração. É verdade que eu era meninote ainda e podem argumentar que estava com medo, não estava não. Minha tia agonizava na casa pegada, e nós, meninos, meninas, excesso da criadagem, fôramos alojados no vizinho, pra evitar bulha à chegada geralmente solene da morte. Aliás, ninguém tinha vontade de rir, mas estávamos principalmente surpreendidos, num grande vazio interrogativo. De repente, da porta da copa surgiu no ar um pano grande bem branco.

As criadas depois explicaram que era um lençol, porque este é muito plausível na crônica das assombrações, porém, mesmo naquele tempo, não aceitei sem relutância interior a explicação das criadas. Hoje, quanto mais friamente analiso as lembranças, mais me convenço de que não era lençol não, era pano. Ou milhor, nem era pano exatamente, era um ser, uma gente, disso estou convencidíssimo, porém desprovido de forma humana e possuindo a consistência e o aspeto físico de um pano.

Surgiu no ar, atravessou em passo lento a sala, desapareceu no corredor escuro que dava pra rua. Ninguém não exclamou "Vi uma assombração!", nada. Todos estávamos estarrecidos, olhando. Só um bom minuto depois é que uma criada falou: "Foi lençol". Então fomos chamados pra chorar.

O diabo
1931

Mas que bobagem, Belazarte — fazer a gente entrar a estas horas numa casa desconhecida!

— Te garanto que era o Diabo! Com uma figura daquelas, aquele cheiro, não podia deixar de ser o Diabo.

— Tinha cavanhaque?

— Tinha, é lógico! Si toda a gente descreve o Diabo da mesma maneira! Está claro que não hei de ser eu o primeiro a ver o Diabo, juro que era ele!

— Mas aqui não está mesmo, vam'bora. Engraçado... parece que a casa está vazia...

— Vamos ver lá em cima. Está aí uma prova que era o Diabo! Se vê que a casa é habitada e, no entanto, não tem ninguém.

— Mas si era mesmo o Diabo, decerto já desapareceu no ar.

— Isso que eu não entendo! Quando vi ele e ele pôs reparo em mim, fez uma cara de assustado, deitou correndo, entrou por esta casa sem abrir a porta.

— Pensei até que você estava maluco quando gritou por mim e desembestou pela rua fora...

— Bem, vamos ficar quietos que aqui em cima ele deve estar na certa.

Remexemos tudo. Foi então que de raiva, Belazarte inda deu um empurrão desanimado na cesta de roupa suja do banheiro. A cesta nem mexeu, pesada. Belazarte levantou a tampa e

— Credo!

Gelei. Mas imaginava que ia ver o Diabo em pessoa, em vez, dentro da cesta, muito tímida, estava uma moça.

— Não me traiam, que ela falou soluçando, com um gesto lindo de pavor, querendo se esconder nas mãos abertas. Era casada, se percebia pela aliança. Belazarte falou autoritário:

— Saia daí! O que você está fazendo nessa cesta!

A moça se ergueu abatida.

— Sou eu mesmo... Mas, por favor, não me traiam!

— Eu, quem!

Ela baixou a cabeça com modéstia:

— Sim, sou o Diabo...

E nos olhou. Tinha certa nobreza firme no olhar. Moça meia comum, nem bonita, nem feia, delicadamente morena. Um ar burguês, chegando quando muito à hupmobile.

— A senhora me desculpe, mas eu imaginei que era o Diabo; si subesse que era uma diaba não tinha pregado tamanho susto na senhora.

Ela sorriu com alguma tristeza:

— Sou o Diabo mesmo... Como diabo não tenho direito a sexo... Mas Ele me permite tomar a figura que quiser, além da minha própria.

— Então aquela figura em que a senhora estava na frente da igreja de Santa Terezinha.

— Aquela é a minha caderneta de identidade.

— Não falei!

— Só quando é assim, quase de madrugada, e já ninguém mais está na rua, é que vou me lastimar na frente das santas novas.

— Mas porque que a senhora... isto é... o Diabo toma forma tão pura de mulher!

— Porque só me agradam as coisas puras. Já fui operário, faroleiro, defunto... Mas prefiro ser moça séria.

— Já entendo... É deveras diabólico...

A moça nos olhou, vazia, sem compreender.

— Mas por quê?

— Porque assim a senhora torna desgraçada e manda pro inferno uma família inteira duma vez.

— Como o senhor se engana... Pois então não façam bulha.

E por artes do Diabo principiamos enxergando através das paredes. Lá estava a moça dormindo com honestidade junto dum moço muito moreno e chato. No outro quarto, três piasotes lindos, tudo machinho, musculosos, derramando saúde. Até as criadas lá em baixo, o fox-terrier, tudo tão calmo, tão parecido! Mas a felicidade, foi desaparecendo e o Diabo-moça estava ali outra vez.

— Foi pra evitar escândalo que quando os senhores entraram, fiz minha família desaparecer sonhando. Meu marido esfaqueava os senhores...

— Estavam tão calmos... pareciam felizes...

— Pareciam, não! Minha família é imensamente feliz (uma dor amarga vincou o rosto macio da moça). É o meu destino... Não posso fazer sinão felizes...

— Mas por que a senhora está chorando então?

— Por isso mesmo, pois o senhor não entende! Meu marido, todos, todos são tão felizes em mim... e eu adoro tanto eles!...

Feito fumaça pesada, ela se contorcia num acabrunhamento indizível. De repente reagiu. A inquietação lhe deformou tanto a cara que ficou duma feiura diabólica. Agarrou em Belazarte, implorando:

— Não! Pelo que é mais sagrado nesse mundo pro senhor, não revele o meu segredo! Tenha dó dos meus filhinhos!

— É! Mas afinal das contas, eles são diabinhos! A senhora assim de moça em moça, quantos diabinhos anda botando no mundo!

— Que horror! Meus filhos não são diabos não! Lhe juro! Eu como Diabo não posso ter filho! Meus filhos são filhos de mulher de verdade, são gente! Não desgrace os coitadinhos!

Nem podia mais falar engasgada nas lágrimas. Belazarte indeciso, me consultou com os olhos. Afinal, era mesmo uma malvadeza trazer infelicidade, assim sem mais sem menos, pra uma família inteira. A moça creio que percebeu que a gente estava titubeando, fez uma arte do Diabo. Principiamos enxergando de novo a curuminzada, o fox, tão calminhos... Só o moço estava mexendo agitado na cama, sem o peso da esposa no peito. Si acordasse, era capaz de nos matar... A visão nos convenceu. Seria uma cachorrada desgraçar aquela família tão simpática. Depois o bruto escândalo que rebentava na cidade, nós dois metidos com a Polícia, entrevistados, bancando heróis contra uma coitada de moça. Resolvi por nós dois:

— A senhora sossegue, nós vamos embora calados.

— Os senhores não me traem mesmo!

— Não.

— Juram... juram por Ele!

— Juro.

— Mas o outro moço não jurou...

Belazarte mexeu impaciente.

— Que é isso, Belazarte, seja cavalheiro! Jure! Juro...

A moça escondeu depressa os olhos numa das mãos, com a outra se apoiando em mim pra não cair. Era suave. Pelos ofegos, a boca mordida, os movimentos dos ombros, me pareceu que ela estava com uma vontade danada de rir. Quando se venceu, falou:

— Acompanho os senhores.

E sempre evitando mostrar a cara, foi na frente, abriu a porta, olhou a rua. Não tinha ninguém na madrugada. Estendeu a mão e teve que olhar pra nós. Isso, caiu numa gargalhada que não parava mais. Torcia de riso, e nós dois ali, feito bestas. Conseguiu se vencer e virou muito simpática outra vez.

— Me desculpem, mas não pude mesmo! E vejam bem que os senhores juraram, hein! Muito! Muito obrigada!

Fechou depressa a porta. Estávamos nulos diante do desaponto. E também daquela placa:

"DOUTOR Leovigildo Adrasto Acioly de Cavalcante Florença, formado em Medicina pela Faculdade da Bahia, Diretor Geral do Serviço de Estradas de Rodagem do Est. de São Paulo. Membro da Academia de Letras do Siará Mirim e de vários Institutos Históricos, tanto nacionaes como extrangeiros".

O culto das estátuas
1929

Fenômeno bem curioso de psicologia social, é a deformação por que passa frequentemente nas cidades o culto dos mortos mais ou menos ilustres. O culto verdadeiro, sendo subsidiário por demais, raro existe de homens pra mortos. A gente cultua facilmente Deus, deuses e assombrações, porque pra com essas forças conspícuas do além, o culto é mais propriamente uma barganha de favores, um dá-cá-e-toma-lá em que sempre nos sobra esperança de mais ganhar do que dar. Outro culto propício é o dos vivos poderosos ou célebres. Os poderosos poderão nos dar um naco da sua força. E viver ao pé dos célebres é o processo mais seguro de sair nas fotografias.

Já o culto dos mortos é pouco rendoso e os homens o foram substituindo pelo culto das estátuas. No fundo, não deixa de ter bom resultado este culto: nós substituímos a memória do morto, difícil de sustentar, por um minuto vivo de beleza. Em verdade, a função permanente da estátua não é conservar a memória de ninguém não, é divertir o olhar da gente. O fato é que bem pouco as estátuas divertem... Não só porque são raríssimas as estátuas bonitas, como porque saber se divertir com o feio é já um grau muito elevado de sabedoria, pra ser de muitos.

Até aqui não foi doloroso falar, porém agora principia sendo... Além de ser muitíssimo relativa à memória do morto na estátua, será mesmo que muito cadáver ilustre merece a eternização da escultura? Toda estátua pública tem de representar um culto público, a rua é de todos. Sei bem que uma unanimidade é coisa democraticamente impossível, porém certos homens, mais pela ideia que representam que por si mesmos, podem merecer um culto geral. E si a maioria dos praceanos talvez ignore esse homem, carece não esquecer que a estátua deve ter uma função educativa.

Neste ponto é que a porca torce o rabo. Só enxergo um jeito do monumento ser educativo: é pela grandiosidade obstruente e incomodatícia. O monumento pra chamar a atenção de verdade, não pode fazer parte da rua. O monumento tem que atrapalhar. Uma dona em tualete de baile, é muito mais monumental na rua Quinze, mesmo sendo catatauzinha, que a estátua de Feijó e a própria escadaria de Carlos Gomes. A gente passa e indaga logo: Quem será! Isso os comerciantes perceberam muito bem, principalmente depois que chegaram os Estados Unidos e a eletricidade. É incontestável que o anúncio erguido à "memória" de tal cigarro ou sabonete, no Anhangabaú, é monumento que jamais Colombo não teve.

Tudo isso são coisas que se provam por si pra que eu insista sobre. Em São Paulo, com exceção do monumento do Ipiranga e o do conde Matarazzo, que são os únicos monumentais e educativos, todas as outras estátuas não passam de mesquinharias. Por que existem?... Si não nos cansamos de espetar estátuas nas ruas, é porque o nosso egoísmo substituiu o culto dos mortos pelo culto das estátuas.

A egolatria não consiste apenas na adoração do eu: tudo o que não seja humanidade como amor social, não passa de manifestações interessadas de egolatria. Existe egolatria de família, de classe. E a mais monstruosa de todas: a nacional. Mas si esta é monstruosa, a egolatria de facção é a mais mesquinha. A que desmandos estatuários leva o grupo de amigos!...

Em torno dum homem de certo valor, os admiradores vão se transformando, pela frequência, em "grupo dos amigos de". Uma quarta-feira morre o homem. O grupo dos amigos fica despojado, num mal-estar medonho. Sentimentalizados pela proximidade do vazio, carecem dar um derivativo ao cincerro do sofrimento pessoal, e se torna imprescindível sufocar o abatimento por meio duma vitória qualquer. Não é o morto que tem de vencer, esse já está onde vocês quiserem, quem tem de vencer é o grupo dos amigos. E se note que muitas vezes esses amigos (do morto) nem se dão entre si! O "grupo" se justifica pela admiração sentimentalizada do morto, e esses indiferentes entre si, se percebem irmãos. Não deixa de ser comovente. Só não acho comovente é o derivativo: — Vamos fazer uma estátua!

E a estátua se faz. Quais são os que apenas conhecem mais intimamente Carlos Gomes em suas obras, dentre os que povoaram com porcelanas ocasionalmente de bronze a esplanada do Municipal? O que significará Verdi pra uma cidade em que a própria colônia italiana preferirá mil vezes "Os Palhaços" ao "Falstaff"?... Sim, mas quando um do "grupo dos amigos de" escuta falar na estátua ou mais raramente no morto, jamais não se esquecerá de sentir (e às vezes proclamar) que foi ele, Ele, quem ajudou a erguer... a memória do morto? Não, a estátua. Oególatra incha todo na satisfação pessoal duma vitória. O culto continua inexistente. O morto mais que morto.

Os transeuntes passarão pela estátua, a primeira vez olhando. "É uma estátua" dirão. Os de maior atividade espiritual irão mais longe e prolongarão o pensamento até um "É feia" ou "É bonita". Poucos irão ler o nome, não do morto, mas da estátua. Raríssimos saberão quem é, mas a estes será desnecessário o culto da estátua para que cultivem o morto. E quando muito, a estátua daí em diante, servirá uma vez por outra como ponto de referência ou marcação de randevu. E para sempre, só os turistas a olharão, não pra saber do morto, mas pra se distrair com a estátua. E todos os turistas verificarão indiferentemente, só pra meter o pau na terra visitada, "É feia".

E de fato, será sempre "feia" porque apenas estátua. Um bronzinho magro, uns granitos idiotas. A tal de vitória do "grupo dos amigos" não passou também duma autossugestão. A festa se resumiu a uma subscrição de má vontade e no presentinho coletivo das alunas pelos anos da professora: um bibelô.

A rua é de todos, e nela Pereira Barreto, Ramos de Azevedo, Feijó e a infinita maioria dos mortos se nulifica. Na rua que é cotidiana, de trabalho e vida viva, eles não adiantam nada. Não passarão jamais de estátuas. Feias.

O grande cearense
1928

O dia está feio e o mar balança, mais que nós, cinzento. Um homem do Pará sucede ter convivido muito com Delmiro Gouveia e conversamos sobre o grande cearense.

Delmiro Gouvêia chegou em Pernambuco ainda curumim e se empregou na Great Western. Um ano depois já era faroleiro. Costumava falar que jamais a consciência da responsabilidade não se evidenciara tanto a ele como nesse posto. Aliás, é mais ou menos assim com todos, só que ninguém engorda com lição. Quando botam na mão da gente uma bandeja com cristais, só vendo o cuidado com que transportamos aquilo até a mesa. Mas uma hora depois a gente afirma uma verdade inexata, destrói a dignidade alheia, faz um filho, nessa mesma decisão bastarda com que almoça. E depois dorme a sua sestinha.

Delmiro Gouvêia não: esse pelo menos conservou por toda a vida, no espelho dos atos, a imagem do faroleiro rapaz. E foi mesmo um dramático movimentador de luzes, luzes verdes de esperança, luzes vermelhas de alarma dentro do noturno de caráter do Brasil. Por isso teve o fim que merecia: assassinaram-o. Nós não podíamos suportar esse farol que feria os nossos olhos gostadores de ilusões, a cidade da Pedra nas Alagoas.

Falaram que Delmiro Gouvêia era perverso, era não. Meu companheiro afirma que nunca esse Antônio Conselheiro do trabalho não mandou matar ninguém. O que ele era, mas era duma energia masculina, predeterminada e não ocasional, como entre nós inda é costume herdado do calor solar. Delmiro costumava falar que brasileiro sem sova não ia, e por sinal que sovou e mandou sovar gente sem conta, bem feito.

Era um gênio da disciplina. Pedra chegou a uma perfeição de mecanismo urbano como nunca houve igual em nossa terra. Si um menino falhava a aula, Delmiro mandava chamar o pai pra saber o porquê. Chegou a despedir os pais que roubavam um dia de estudo aos filhos, por causa de algum servicinho. Às vezes, com os meninos mandriões, reunia cinco, seis, e mandava um negrão chegar africanamente a palmatória na bunda dos tais.

Dentro de casa, não permitia ninguém de chapéu na cabeça. Ia pra casa e mandava multar o malcriado: chapéu mais pobre, duzentos réis; chapéu de couro, um cruzado.

A arma dele era principalmente o chicote que manejava como artista de circo. E tinha birra de mulher fumante. Uma feita, uma dessas cachimbava na porta da rua, muito cismando. Delmiro Gouvêia nem se incomodou. Seguiu no trotinho descansado uns trinta metros mais, virou o animal de sopetão, veio na galopada e com um golpe justo do chicote, arrancou o cachimbo da boca da dona. Que nunca mais fumou.

Tinha a religião da higiene e o ateísmo das esmolas religiosas. Não posso repetir os nomes com que lixava as operárias da fiação que iam para o trabalho sem lavar a cara, ou os padres que apareciam na Pedra tirando esmolas pra coisas longínquas. Mas não recebia mal a ninguém. Só uma vez, depois duma experiência inda viva e dolorosa, expulsou, nem bem chegado, um padre sírio que viera com intenção de tirar esmola pra Terra Santa. E Delmiro gritava:

— Terra Santa é esta, seu......!

Mas é, hein!...

Conversa à beira do cais
1938

Outro dia, dia útil, almocei com um amigo num dos restaurantes do mercado no Rio. Talvez tenha me excedido na moqueca de peixe, excelente. Sei que me senti bastante completo, com desejo de ficar só, como nos momentos raros de perfeição. Por isso, meu amigo tendo seus afazeres e eu nada, me despedi gostosamente dele, e fiquei banzando, pensamento entrecerrado, pelo cais da Praça Quinze. Olhava o mar que se descortina dali, curto, sem a menor oceanidade.

Foi quando se aproximou um homem, isto é, não se aproximou não, quando ele falou comigo, pus reparo num homem debruçado no parapeito do cais. Apontando uma barca rápida que entrava, comentou que decerto estava cheia de tainhas. Não sei por que sentimento de complacência fui perguntando ao homem qualquer coisa sobre a pesca das tainhas, si não era feita de noite, si a barca então saíra na véspera e vinha atrasada, ou si, marupiara, chegava primeiro, nem lembro. O homem secundava manso, com forte acento português, mirando o mar. Era operário, de fato português, com apenas dois anos de Brasil e nenhum conhecimento das tainhas.

De repente parou a frase, meio que se virou, me olhando pela primeira vez e perguntou:

— Êtes-vous français?

— V'oui, que eu falei, com uma espontaneidade tão absurda que nem pude me divertir com a pergunta. E esta era perfeitamente maluca: nada tenho de francês, nem no corpo nem na fala. Donde vinha agora aquele portuga me pensar francês! Porém, nada me divertia, estava era espaventado com a espontaneidade da minha mentira. E logo imaginei, com primaridade acomodatícia: A resposta fora um puro reflexo de vaidade, pois não tinha dúvida que me timbrava como um elogio pelo ser inteiro, aquela invenção do operário.

A conversa continuou em francês e, está claro, desde então dirigida cuidadosamente por mim. Quis logo saber se o homem estivera na França (sim), quanto tempo (dois anos), em que cidade (Lião, Marselha). Sobretudo os lugares em que o operário estivera, me preocuparam muito no começo, pra não coincidir com eles nalguma resposta. Então me situei desafogadamente ao norte, em Paris onde nasci, no Havre e em mais duas ou três invenções que meu juízo reputou bem pobres geograficamente. Depois fui consertando com paciência a invencionice: meu pai é que era bem francês, viera ao Brasil, servira como gerente numa casa de sedas em São Paulo (hoje me envergonho da associação de imagens larvar: Lião — sedas), e se casara afinal nesta São Paulo com uma senhora paranaense que, pra viver em São Paulo, fiz ser filha de militar. Foram em viagem de núpcias para a França e eu nasci em Paris, voila. Minha mãe fez questão de me registrar no consulado, mas educado num liceu de Versalhes (gostei de Versalhes que aumentou a geografia), tendo passado a mocidade em França, me sinto muito mais francês que brasileiro. De resto, estava no Brasil apenas de passagem, colhendo uma herança curta (fiz questão do "curta" pro homem não me pedir dinheiro) e voltava dentro de uns três meses. Então metemos o pau no Brasil.

Mas fiquei logo com vontade de me vingar do companheiro e meti o pau em Portugal, por causa do fachismo. Mas o português me ajudou. Então meti o pau na França, meti o pau na Europa e, é incrível! Não uso patriotices, mas não sei o que me deu: me deu uma vontade enorme de elogiar o Brasil, fiz. Ele aceitou, com indiferença, meus comentários sobre a doçura, apesar de tudo, desta nossa vida brasileira.

De vez em quando eu argotizava com aplicação pra me naturalizar bem francês. Ele, por si, contou uma história labiríntica que me pareceu muito mal contada, em que entrava uma mulher bastante rica apaixonada por ele, mais a filha dela e com a mesma paixão. Tudo de uma imoralidade exemplar, certos detalhes!... De repente, tive a noção absolutamente, posso dizer, concreta, de que o homem estava mentindo. Enguli a mentira toda bem quietinho. E concebi concomitantemente o pensamento de que talvez ele já me perguntasse si eu era francês por simples mentira, apenas pra poder contar sua estadia verdadeira em Marselha e Lião. Mas fui besta, botando importância em mim; e ele tivera que esperar aquela conversalhada, pra achar ouvidos que escutassem o seu mundo imaginário de sexualidades escatológicas. Estava tão distraído nestas dúvidas, que a conversa entreparou, desiludida. O operário aproveitou a estiada e se despediu tocando levemente no chapéu. Isto é, boné.

Foi sonho
1933

Antão, Frorinda, que é isso! Você tá lôca!... Será quê você que abandoná seu negro pru causo de ôtra muié?... Inda que eu fosse um desses misarave que dêxum fartá inté pão im casa, mais eu, Frorinda! Que nunca te dexei sem surtimento! E inté trago tudo de sobra pá gente pudê sê filiz... Quando que na casa de sua mãi ocê usô argola nas orêia, feito deusa? Sô eu, que quero ocê bunita sempe, bunita pr'eu querê bem, e não bunita pâ gosá... Quando o Romero comprô aquela brusa de sêda pra muié dele, num comprei logo um vistido intêro p'ocê?... Dêxa disso Frorinda, eu ixprico tudo! Num bamo agora se disgraçá pr'uma coisinha de nada!

...Eu onte caí na farra, tanta gente mascarado divirtino, você tava tão longe pr'eu í buscá... Despois minha mulé num é pra farra não! Eu quis mulé foi pá tá im casa me sirvindo cum duçura, intrei na premera venda e bibi. Antão me deu uma corage de sê o que num tenho sido, você bem sabe que num tenho sido, mais quis caí na farra uma vêiz. Inté tava bem triste pruque de repente me alembrei que de-certo o Romero tava im casa cum a famía, im vêiz de andá sozinho cumo eu tava, feito sordado na vida... Porém já tinha bibido ôtra vêiz, fiquei contente, puis num tenho que dá sastifação ninhuma p'u Romero, eu sô eu! Fui dexá as ferramenta na premêra venda que eu só cunhicido lá, tava todo sujo do trabaio, mai' justifiquei que pra caí na farra num caricía de me trocá. Farra é vergonha, pá sujo de pensamento, sujo de corpo num faiz má.

Agora nem num sei si devo contá o resto, Frorinda, pruque eu quero é num te matratá, já tava bem tonto quano incontrei ela. Nunca tinha visto simiante criatura, mais ela vinha vistida de apache, que agora as muié deu pra visti carça no Carnavá... Vai, ela oiô pra mim e falô ansim. "Ôta mulato proletaro, bam' fazê cumunismo pâ í no baile do Colombo junto". Eu inté num achei graça, mais porém todos tavum rindo do meu jeito, num quis ficá pur tráis, me ri tamém. Intão ela s'incostô todinha e suspirô fingido. Todos caíram numa gargaiada que nem num sei o que me deu: pensei logo cumigo que seu negro, Frorinda, é hôme pra uma, duas, déiz muié, eu tava mêrmo tonto, inté jurguei que ocê havia de ficá sintida de seu hôme num demonstrá que era capáis de tudo, dei um tapa na padaria dela que ela vuô longe. Antão ela chegô ôtra vêiz, sem brincadêra, e segredô baixinho: "Bamo"? Praque que hei-de falá... mais me deu ua vontade de í cu'ela. Todos tavum reparando e sinti sastifação. Garrei na cintura dela e fui andano. Minha tenção era chegá nargum lugá sem gente e dá o fora, porém, você me discurpe, Frorinda, era só tenção, cheguêmo no Colombo.

Foi a conta! Ansim qu'inxerguei aquela gentarada na maió imoralidade, me cunvinci difinitivo que tinha caído na farra, era tudo um sonho, nada num fazia má, bibi, dançei, caçuei c'os ôtro, ela só se ajeitando pá meu lado... Despois, quano me cunvidô pá í cu'ela, eu disse: "eu vô".

E agora você num qué mais eu só pur causo dessa mulé! Ocê tá maginano que tenho argum amô pur aquela pirdida!... Eu inté paguei ela!... Foi que ela me falô que o pai apareceu lá im casa da patrôa e pidiu cinco mirréis, dizendo que batia nela, eu tive dó, arrispundi: "Pur isso não, você tá quereno i cumigo, intão bamo que despois de eu fazê o sirviço, te dô os cinco mirréis". Tamém quantas vêiz lá no trabaio, passa o bananêro, me dá "ua vontade", "Óia aqui, me dá duzentão de banana", você zanga? Pago, como, num trago niúma pr'ocê, você zanga? diga!... Hôme quano vê muié jeitosa, mermo que num seje sua mulé, vontade ele tem mêmo... Me deu vontade cumo das banana. Tamém cumi, paguei, num truxe nada pro ocê. E ocê zangô!...

Isso de "nossa cama", "nossa cama", bamo dexá de bobage, Frorinda! Eu tava bêbo, bêbado não! tava só tonto, num sei que tontice me deu, num tinha lugá, mato eu num gosto, levei ela pra nossa casa. Eu tava bêbo mêmo, púis você divia riagi... Im vêiz de saí de casa toda chorâno, me chamando de "sem vergonha", sem-vergonha não! que eu sempe tive vergonha na vida, num rôbo, num bebo, nunca fiz má pra ninguem! Vô fazê má é pra mim, pruque si ocê me dexá, sinto que vô sofrê demais de te vê disgraçada.

... Nem sei si levei ela im casa na tenção de sê na nossa cama, eu quiria é lugá siguro... você acordô c'u riso dela. Mais porém quano ocê me chamô de sem-vergonha na frente dela, me bateu um ódio de tá manêra, eu disse: Há-de sê na tua cama, quente de teu corpo, sua!... E fiz. Você divia riagi!

Púis é... Hoje de-manhãzinha ela me apareceu lá im casa, fazêno um buê danado. Fui me acordando e pricurei logo ocê, era o custume. Ocê num tava... Antão veio tudo num crarão e logo pircibi que tinha feito ua bestêra. "Ói, que eu falei pr'ela, é mió você num metê cumigo não, qu'eu já sô de ôtra". Ela garrô chorâno arto pr'us vizinho, diz-que eu tinha tirado a honra dela... Fiquei surprindido, mais despois sortei fia gargaiada, "Ôh negrinha, ocê num vem cum parte não! que quantos num te cunhecêru, heim, negra"!... Mais ela num vê de pará, tava juntano gente, ela gritava que era virge, que intê o Sandrino c'o Romero vinherum pá meu lado, falando que si caricia de tistimunha, eles tavum pá me ajudá. Eu antão fiquei tão cego que crisci pra cima dela, mia vontade era matá, me sigurarum. Daí ela saiu corrêno, gritano que ia na Puliça. Foi quano o Romeu priguntô de ocê, eu fui, fiquei bem carmo, arrispundi que ocê tinha ido na casa de sua mãi. Filizmente que ninguém num tinha iscuitado a increnca da noite...

Antão arresorvi vim buscá ocê. Ói, Frorinda, ocê bem sabe que num sô hôme pra tá tirano a honra de muié... Só tirei a honra de uma, foi você, pruque nóis dois se pirtincia. Mais porém te dei a minha, que ocê é que guarda a honra de seu negro, num é mêrmo?... Diga! E agora, será que ocê tá quereno me disonrá!... Antão você vai dá de mostrá pr'us ôtro que tu é uma disgraçada, quano num é!...

Eu inté num gosto de jurá pruque sô hôme cumpridô de sua palavra, mais... ói! Te juro que nunca mais hei de oiá pra ôtra mulé, é ocê que eu quero bem, te juro! Bamo fingi que tudo o que sucedeu, num sucedeu, foi sonho, e hei de te prová que foi sonho mêmo, num dexô siná. Bamo cumigo, Frorinda...

Morto e deposto
1929

Jesus Cristo morreu mais uma vez. Os processos humanos de adoração, repetindo a tragédia medonha, puseram de novo a imagem Dele num caixão, as tochas conduziram vultos lerdos, o sepultamento se fez. Fizeram com alarde que percebêssemos a morte de Jesus e muitas almas ficaram cheias de cuidados.

De alguns anos para cá, principalmente depois que a guerra grande se acabou, a morte de Jesus se torna cada vez mais insofismável. A humanidade contemporânea, como coletivo, se afasta cada vez mais da imagem de Jesus. A morte Dele é um enterro anônimo que atravanca as ruas, tem um rito impossível. As prefeituras e as polícias deviam de proibir isso, como proíbem outros hábitos que não são da época mais.

É que Jesus não está morto apenas, está morto e deposto. Bem que Ele falara, no seu conhecimento extemporâneo, que o reino Dele não era deste mundo... Mas possuía uma grandeza tão imensa que além de salvação individual dos homens, Jesus se tornou uma razão-de-ser social e deu origem a uma civilização.

Os homens também não tiveram a culpa disso, porque as civilizações transcendem às vontades humanas, mas essa foi a causa dos cuidados de agora. Se fez a Civilização Cristã, que apesar de todas as grandezas dela, é um insulto à grandeza de Jesus.

Mas isso não é o pior. O pior é que ela, que nem todas as civilizações, tinha que se acabar e se acabou. A humanidade de hoje, apesar de todas as ligações que ainda a prendem à Civilização Cristã, tem outra maneira concreta de ser, outra moral prática, outros sentimentos, ideais e paixões imediatas. E a gente assiste a essa fragilidade humana ridícula que faz com que os destroços da Civilização Cristã despenquem sobre o corpo morto Daquele que, por sua grandeza, teve a fatalidade de a criar. Assim Jesus não está só morto não. Está deposto. Ele perdeu toda a magnitude social e nem um prisioneiro no Vaticano é mais.

Ora, graças a Deus!

Até que enfim vai se acabar também toda a cegueira que desvirtuava quase que completamente a vida terrestre de Deus. Jesus morreu pra nos salvar da terra, não pra nos salvar num pedaço de terra. Liberta a figura Dele de todas as condições sociais e apetites civilizadores que A mascaravam, Ela se livra da vaidade nossa. Agora Jesus está bem liberto mesmo, e talvez o ato mais prodigioso da simbologia católica, seja essa troca de Roma por dinheiro. A covardia de Mussolini inventou o gesto mais genial desse agudíssimo "moderno". Quanto ao gesto do papa, depondo contratualmente Jesus de pífias realezas de homem, si choca a *sensiblerie* de muitos católicos frouxos, é de deveras uma inspiração divina. Jesus preso por despique! Preso por um muro!... Não havia maior rebaixamento da divindade. Não havia concepção mais anticonceitual da divindade. E não havia símbolo mais inútil.

Morto e deposto, Jesus se libertou enfim. Agora é um deus unicamente divino. Não é mais culpa de nada e nem desculpa. Está isento da derradeira evidência. Os que acreditam Nele, seja por fé, seja por conhecimentos filosóficos ou religião, estão com as orações libertas. Ficou até inútil discutir si a oração tem de ser adoração primeiro e pedido depois. Ato de medo, ato de coragem: a oração não possui mais nenhuma validade terrestre. O reino de Jesus não é deste mundo. As curas se fazem com ou sem Ele, os ganhos de dinheiro, de futebol, de amor, com ou sem Ele. A gente não pode mais estatisticar as forças de Deus. Jesus está morto e deposto. A união com Ele agora é como o brilho inútil das estrelas.

Porque a oração cada vez mais adianta menos. Ou milhor: não adianta nada. Todas as prerrogativas individuais não têm mais nenhuma validade para a civilização que está nascendo. A própria felicidade humana é uma exacerbação espúria do individualismo. Cacoete pessoal que não interessa às preocupações sociais, que não adianta nem atrasa o conceito nascente de civilização. Pro Facho, pro Hitlerismo, pros Soviets, a própria grandeza moral do indivíduo é um fantasma desprovido dos seus sustos. Inútil ao mecanismo social, onde tudo e todos estarão controlados. Quem quiser que a tenha, é indiferente. E por isso aqueles que agora se unem a Jesus, fulgem do brilho inútil das estrelas.

Sobrinho de Salomé
1931

A respeito do Sr. General que protestou por Menotti del Picchia ter abusado do nome dele num romance, lembrei de tirar dos meus guardados esta carta que encontrei numa revista alemã e traduzi:

"Sr. Diretor:

Muito me penalizou o estudo "Psicologia de Salomé" publicado no número de agosto da vossa conceituada revista. Eu, que sou leitor assíduo dela e conceituado (sic) em nosso comércio, não posso francamente compreender que motivo levou o Sr. e o autor do artigo, que não me conhecem, a me ferir tão profundamente em minha honorabilidade. O mais provável é ser o referido artigo, fruto da campanha antissemita que agora principia se desenvolvendo entre nós. Mas o Sr. não achará, por acaso, que é a mais clamorosa injustiça culpar uma pessoa do sangue que lhe corre nas veias? Tanto mais sendo essa pessoa tão bom cidadão do Império que deixou no abandono a joalheria herdada, para se sujeitar patrioticamente aos horrores e desperdícios do serviço militar! Minha tia Salomé não deixou filhos, é verdade, mas eu sou sobrinho dela, único sobrinho, pois minha santa Mãe também não queria filhos. Mas como sobrinho, não deixarei sem reconsideração os exageros e mesmo mentiras tão levianamente expostas no referido estudo.

Assim, são positivamente exageradas as afirmações do articulista sobre a liberdade moral de minha tia Salomé. Posso lhe garantir, Sr. Diretor, que ela não foi uma rameira vulgar, nem jamais se deu à conquista de potentados, imperadores e reis, sem que tivesse o mínimo "penchant", o mínimo "béguin[1]" por eles. Não posso contestar que minha tia manteve uma vida bastante liberdosa, tendo mesmo compartilhado o leito de vários senhores, sem que santificassem tais convívios às bênçãos de Deus. Mas nunca, oh nunca, Sr. Diretor, ela se deixou levar pela ambição do dinheiro, mas por fatalidades afetivas que nem poderemos chamar levianas, porque era a própria intensidade prodigiosa desses afetos que provocava a rápida caducidade deles. Eis aí, Sr. Diretor, uma sutileza psicológica que escapou ao psicólogo da vossa revista! A rapidez com que se desfa-

---

[1] As palavras penchant e béguin são, respectivamente, inclinação traduzido do inglês e queda traduzido do francês. (N. do R.)

zem e morrem as paixões intensas demais isso é que ele devia estudar, justificando por suas observações a tresloucada vida de minha tia Salomé. E será propriamente ela a culpada dos desvarios que praticou, ela, mulher fraca, e não os detestáveis costumes da vossa e minha gloriosa Alemanha? Não seria esse o momento para o articulista profligar a imoralidade em que vive atualmente a nossa alta nobreza (a carta é anterior a 14, bem se vê), imoralidade de que minha tia foi infeliz vítima, imoralidade que certamente conduzirá o nosso país à guerra e à ruína? Não dou dez anos, não haverá mais joalherias nem dinheiro na Alemanha! E por minha tia ser semita, havemos de prejulgar levianamente que ela se conduzirá apenas pela paixão do dinheiro? O vosso articulista, Sr. Diretor, não passa dum psicólogo vulgar.

E que mentiras mais desbragadas, essas a que ele dá curso, afirmando que minha tia dançava nua e tinha instintos sanguinários, pelo complexo do Anti-Édipo! Onde ele ouviu isso! Minha santa Mãe, que foi inseparável de minha tia Salomé e frequentava as mesmas festas, muitas vezes entre lágrimas, quando papai estava na joalheria, evocava comigo os tempos de dantes e me contava quem foi minha célebre tia. Pois jamais ela se referiu a essas coisas. Posso lhe garantir, posso mesmo lhe jurar pela memória de minha mãe, que minha tia Salomé não foi bailarina. E como poderia ela dançar, se todos sabiam que ela manquejava um pouquinho desde jovem, devido ao escandaloso incidente de Friedrichstrasse, em que a bala do príncipe W. lhe espatifou o joelho direito? Minha tia Salomé jamais dançou, e muito menos dançou nua, embora aos seus familiares confessasse muitas vezes ser um dos seus maiores desejos dançar num terraço, ao pálido clarão do luar, uma valsa de Waldteufel.

Quanto ao incidente do príncipe W., instinto sanguinário teve ele que a quis matar. E posso ainda lhe garantir que nunca ela pediu a cabeça do príncipe a ninguém, pois até minha tia confessava constantemente a coincidência estranha de jamais ter se encontrado, em festas íntimas, com o nosso grande Imperador! A quem pediria ela então a cabeça do príncipe? De resto, minha tia não se chamava Salomé! Eis um detalhe psicológico que não escaparia ao vosso articulista, se ele fosse profundo no assunto. Salomé foi nome adotado. O verdadeiro nome de minha tia era Judith.

Esperando, Sr. Diretor, que esta carta tenha o merecido acolhimento de vossa revista, e assim se faça justiça à minha tia já morta, continuo seu admirador estomagado (o termo era intraduzível) e respeitoso,

FRANZA"

A pesca do dourado
1930

Quando chegamos na barranca do Mogi, andadas oito léguas de cabriolante forde, era madrugada franca. O rio fumava no inverninho delicioso. Vento, nada. E a névoa do rio meio que arroxeava, guardando na brancura as cores do sol futuro.

Estivemos por ali, esquentando no foguinho caipira que é o cobertor da nossa gente. Estivemos por ali, esfregando as mãos, tomando café, preparando as varas. Eu, como não tinha esperança mesmo de pescar nenhum dourado, fui pescar iscas no ceveiro. Isso, era atirar o anzolzinho desprezível n'água, vinha cada lambari enganado, cada tambiú e mesmo uma piabinha comovente. Nove bastavam, me falaram.

E a rodada principiou. João Gabriel dizia que era preciso pescar já, porque depois, com o dia, a água esfriava, entenda-se! Do lado do oriente o horizonte se cartão-postalizava clássico; e os vultos das "ingáieiras", dos jatobázeiros e do timboril do rumo, já se vestiam de um verde apreciável.

Eu me esforçava por pescar direito. Olhava a altura da vara do outro pescador, copiava com aplicação os gestos dele. Às vezes me dava uma raiva individualista e, só por independência ou morte, batia com a isca onde bem queria, longe dos lugares de água tumultuosa, preferidos pelos dourados. Foi numa dessas ocasiões que atrapalhei o fio de aço do anzol da vara, e o lambari da isca, juque! Me bateu no nariz. A natureza inteira murmurou "Bem feito!" e me deu uma vontade de morrer. João Gabriel que ia de proa, olhou pra mim, não riu, não censurou, nada. Continuou proando a canoa. Essa inexistência de manifestação exterior destes que me rodeiam, a deferência desprezante, a nenhuma esperança pelo moço da cidade, palavra de honra, é detestável. Castiga a gente. Oh vós, homens que viveis no sertão, porque me tratais assim! Quero ser como vós, vos amo e vos respeito!

Estava eu no urbano entretenimento deste pensamentear, quando a canoa tremeu com violência. Olhei pra trás e o companheiro pescador dançava num esforço lindo, às voltas com a vara curva. Por trás dele a aurora, me lembro muito bem; e tive a sensação de ver um deus. Mas o dourado, não sei o que fez, a vara descurvou. O peixe se livrara e o deus virou meu companheiro outra vez. Fiquei com uns vinte contos de satisfação.

Mas Nêmesis não me deixou feliz. Veio um desejo tão impetuoso de um dourado, pelo menos beliscar meu anzol, coisa dolorosa! torcia com paixão, pedia um dourado, me lembrei de fazer uma promessa a Nossa Senhora do Carmo, minha madrinha, me lembrei das feitiçarias de catimbó, e principiei por dentro cantarolando a prece da Sereia do Mar. Eis que percebi a minha linha de aço navegando por si mesma rio abaixo.

— Puxe!

Isso, dei um arranco de três forças, fiquei gelado, meu coração ploque! ploque!

— Não bambeie a linha!

A linha, não era eu que bambeava não! Bambeou, ergui a vara, o dourado pulou um metro acima d'água, que Vergílio nem Camões nada! um peixe imenso!

— Não puxe a vara! Não puxe a vara, não bambeie a vara, sei lá! o dourado é que dava cada puxão, cada bambeio que queria.

— Canse ele! Mas como é que se cansa dourado! isso é que nenhum dos meus livros me contara! A segunda vez que o bicho pulou fora, eu já não podia mais de comoção. Palavra-de-honra: estava com medo! Tinha vontade de chorar, os companheiros não falavam mais nada, tinham me abandonado! ôh que ser mais desinfeliz!

Mas pesquei! Teve alguém finalmente que me ajudou a tirar o dourado da água, cuidou dele, guardou-o no viveiro da canoa. Eu, muito simples, pra um lado, jogado fora, pela significação do bicho que era mesmo importante.

Não fazia mal não... eu mesmo estava me dando uns ares de coisa muito fácil. Mas quem pescou o bicho fui eu! A respeito de dourado, estou ganhando de um a zero contra Manuel Bandeira, Guilherme de Almeida, Augusto Meyer, Alberto de Oliveira, Castro Alves e outros poetas maiores que eu.

Brasil-Argentina
1939

Na véspera, o meu amigo uruguaio confessou que viera torcer pelos argentinos. Arroubadamente, com excesso de boa-educação, fui afirmando logo que isso não fazia mal, que diabo! etc. Ficou desagradável foi quando ele se imaginou no direito de explicar porque torcia pelos argentinos:

— Você compreende, amigo, nós, uruguaios, temos muito mais afinidade com os argentinos, apesar de já termos feito parte do Brasil. Até por isso mesmo!... Por mais que se explique historicamente o que levou um tempo o Uruguai a participar do Brasil, nós não sentimos (repare que emprego o verbo "sentir"), não sentimos a coisa como si tivéssemos participado do Brasil, e sim como tendo pertencido a ele. A modos de colônia... E isso, por mais esforços que a gente faça, irrita bem. Quanto a afinidades com os argentinos, há muitas... muitas...

Aqui meu amigo uruguaio parou de sopetão. Percebi que não queria me machucar. Mas nesse terreno de boa-educação ninguém ganha de brasileiro, não insisti. Não ousei dar uma liçãozinha de humanidade no meu hóspede, falando na minha simpatia igual por argentinos, turcos e australianos, e outras invencionices maliciosas. Me preocupei apenas em disfarçar a ansiedade que me enforcava por causa do jogo.

No campo me acalmei com segurança. Estávamos em pleno domínio do "nacioná", com algumas bandeiras argentinas por delicadeza. Mas na verdade, por causa daquele jogo, estávamos todos odiando os argentinos e a Argentina ali. E dizem que futebol estreita relações, estreita nada! Mas aqueles milhares de brasileiros, que piadas cariocas! Brilhavam na certeza da vitória. Desconfio que em casa ou ilhados nos bondes, também tinham sentido a mesma inquietação que eu disfarçava, mas a unanimidade é um estupefaciente como qualquer outro. De forma que nem bem cada brasileiro se arranjava em seu lugar, olhava em torno, tudo era nacional! E a certeza vinha: Vamos ganhar na maciota.

E foi nessa atmosfera de vitória que principiou o famoso jogo Brasil-Argentina, de que certamente não tiraremos nenhuma moral. Os nacionais escolheram o lado pior do campo, com uma ventania dos diabos contra, varrendo tudo, calor, bola e argentino contra o nosso gol. Principiou o jogo. Os argentinos pegaram com os pés na bola e... Mas positivamente não estou aqui pra descrever jogo de futebol. Só quero é comentar.

Ora o que é que se via desde aquele início? O que se viu, si me permitirem a imagem, foi assim como uma raspadeira mecânica, perfeitamente azeitada, avançando para o lado de onze beijaflores. Fiquei horrorizado. Procurei disfarçar, vendo si me lembrava a que família da História Natural pertencem os beijaflores, não consegui! Nem siquer conseguia me lembrar de alguma citação latina que me consolasse filosoficamente! Enquanto isso, a raspadeira elétrica ia assustando quanto beijaflor topava no caminho e juque! Fazia mais um gol. Era doloroso, rapazes.

Mas era também admirável. Quem já terá visto uma força surda, feia mas provinda duma vontade organizada, que não hesita mais, e diante de um trabalho começado não há transtorno político, financeiro, o diabo! Que faça parar!... Eram assim os argentinos, naquela tarde filosófica. Não que eles se alardeassem professores de ordem, de energia ou de coisíssima nenhuma. Si alguém desejar saber exatamente o que eu senti, eu senti a Grécia, a Grécia arcaica, no tempo em que se fazia a futura grande Grécia. Dezenas de tribos diferentes se organizando, se entrosando, recebendo mil e uma influências estranhas, mas aceitando dos outros apenas o que era realmente assimilável e imediatamente conformando o elemento importado em fibra nacional. Quem quiser me compreender, compreenda, mas no fim do quarto gol eu tinha me naturalizado argentino, e estava francamente torcendo pra que... nós fizéssemos pelo menos uns trinta gols. Mas logo bem brasileiramente desanimei, lembrando que seria inútil uma lavada exemplar. Não serviria de exemplo nem de lição a ninguém. Ao menos meu amigo uruguaio foi generoso comigo, não teve o menor gesto de piedade. Comentava navalhantemente:

— Era natural que vocês perdessem... Os brasileiros "almejaram" vencer, mas os argentinos "quiseram" vencer, e uma coisa é almejar, outra é querer. Vocês... é um eterno iludir-se sem fazer o menor gesto para ao menos se aproximar da ilusão. Sim, os argentinos escalaram o quadro e este se preparou para o jogo; mas o que a gente percebe é que, na verdade, há trinta anos que os argentinos vêm se preparando para o jogo de hoje. A força verdadeira de um povo é converter cada uma das suas iniciativas ou tendências, em norma cotidiana de viver. Vocês?... nem isso... Os argentinos, desculpe lhe dizer com franqueza, mas os argentinos são tradicionais.

Eu é que já estava longe, me refugiado na arte. Que coisa lindíssima, que bailado mirífico um jogo de futebol! Asiaticamente, cheguei até a desejar que os beijaflores sempre continuassem assim como estavam naquele campo, desorganizados mas brilhantíssimos, para que pudessem eternamente se repetir, pra gozo dos meus olhos, aqueles hugoanos contrastes. Era Minerva dando palmada num Dionísio adolescente e já completamente embriagado. Mas que razões admiráveis Dionísio inventava pra justificar sua bebedice, ninguém pode imaginar! Que saltos, que corridas elásticas! Havia umas rasteiras sutis, uns jeitos sambísticos de enganar, tantas esperanças davam aqueles volteios rapidíssimos, uma coisa radiosa, pânica, cheia das mais sublimes promessas! E até o fim, não parou um segundo de prometer... Minerva porém ia chegando com jeito, com uma segurança infalível, baça, vulgar, sem oratória nem lirismo, e juque! Fazia gol.

Abril
1932

Agora é de novo abril e voltam os dias perfeitos da cidade paulistana. Na quarta-feira passada ainda era março, mas de repente, com firmeza, a tarde amaciou o calorão do dia, veio tão maravilhosamente exata de bonita e boa, que eu percebi dentro de mim abril chegando, o grande mês da natureza da cidade.

Não me importam comparações, me esqueço de outras terras. Abril será também maravilhoso em Caldas... Mas São Paulo é uma cidade ruim, compadre. Os viajantes que desde o primeiro século andaram por Piratininga, todos exaltam o clima paulistano, a sua salubridade. Me dão a ideia de que passaram aqui todos por abril. Porque São Paulo é uma cidade ruim, bem traiçoeira. Aqui moram as laringites, os resfriados e a pneumonia. Eis que o calor grosso se enlameia de chuva e, nascendo dos boeiros, bate de sopetão uma friagem de morte, que mata mesmo muitas vezes, é a morte encontrada nos desvãos do trabalho do dia. Porém São Paulo possui abril. Um mês, pouco mais, de tardes sublimes, de manhãs arrebatadamente frias, cheias de vontade de trabalhar audacioso. E noites de meia-estação, macias, cordatas que nem flanela. É preciso que os paulistanos soltem do ser fechado os sugadores de prazer, o olhar, a boca, o passo, o amoralismo, a preguiça, pra receber com plenitude a ventura do nosso abril.

Eu não me esqueço não que a vida anda medonha sobre a terra, nem que aos paulistas o tempo é de solidão e abatimento. Mas por que as desventuras humanas e mesmo as dores pessoais hão de se contrapor à perfeição do ser? Por que se há de reduzir a felicidade, que é especialmente uma concordância do indivíduo consigo mesmo e o seu destino, a uma contingência externa? A própria dor é uma felicidade, quando aceita entre os bens que a vida fornece para o equilíbrio do ser e a sua perfeição livre.

Este desejo agora de que os paulistanos saibam gozar abril, não é provocado em mim por nenhum diletantismo, nenhuma displicência desumana que ignore a nossa humanidade. Temos que continuar devorando os telegramas da China, reagindo por todas as formas contra a colonização do Brasil, impondo maior justiça entre os homens de má vontade. Tudo isso não esqueço, faz parte do nosso destino, serão elementos sempre da nossa perfeição humana.

Porém abril chegou de lá detrás da serra, veio verde, luminoso, tão bom como um caju do norte. Nada impedirá que depois de uma distribuição de veneno e algum gesto de não-colaboração ou sabotagem, o paulistano desça na sua alameda e vá por aí.

Que celestial o céu está! É uma mistura de rosa, verde e azul, em que um sol estilhaçado deixou milhares de partículas de ouro. As coisas de baixo se escurentam, casas, árvores, com aquela gravidade agradável que os bois têm. As feiúras urbanas se amansam nessa escureza modesta e as próprias bulhas são como aparições evocadas. A gente se dispersa numa pansensualidade também virtuosa, em que o ser se percebe tão idêntico, tão refarto de pausas, complacência e gostos, que nada, compadre, ôh nada supera nesse mundo a gostosura do nosso abril!

Vamos fugir de norte-americanos, italianos e nortistas, que são gentes cheias de vozes e de gesticulação. Vamos cultivar com paz e muita consciência nossas rosas, ruas, largos e as estradas vizinhas. Calmos, vagarentos, silenciosos, um bocado trombudos mesmo, nessa espécie tradicional de alegria, que não brilha, nem é feita pra gozo dos outros. Vamos exercer o nosso paulistismo famoso, em sua expressão maior, abril: as coisas estão desaparecidas, mansinhas, e o céu claro, claro, lá.

Anjos do Senhor
1930

Os jornais deram um telegrama de Paris que me deixou meio aéreo... Diz que um brasileiro Muniz, realizou num dos aeródromos de lá, experiências de um novo tipo de aeroplano estafeta. E que apesar do mau tempo, chuva, nuvens, uma ventania danada, as experiências tinham sido "coroadas do mais completo êxito". Ora qual será o futuro desse invento novo de brasileiro: virará Zepelin, como o aerostato de Bartolomeu Lourenço, ou aeroplano como a libélula de Santos Dumont? Ou dará em nada como o infeliz sonho de Augusto Severo...

Está claro que, de mim, desejo o mais completo desenvolvimento ao já completo êxito telegráfico de Muniz, porém o que me deixou um bocado aéreo não foi isso não: foi esta mais ou menos curiosa especialidade de brasileiro pela aviação. O que será que os brasileiros têm com os ares!... extraordinário. O nosso papel na América tem sido viver no ar. Desde a nossa pré-história que os brasileiros, aliás então nem brasis chamados, vivemos no ar. Porque, sem contar que, segundo a tradição ameríndia, qualquer desgosto que brasileiro tenha, pronto, vai pro céu e vira estrelinha: nós possuímos duas lendas que, segundo os processos universitários de exegese, são deveras precursoras da aviação. Uma delas é a da aranha que faz fio no chão e espera que passe o vento. Vem um terral, ergue o fio no céu, e lá se vai, gostando bem, a aranha pelos ares. A outra, mais bonita, é a que Afonso Arinos batizou, não sei bem porque, com o nome de Tapera da Lua. A moça, percebendo-se descoberta pelo mano que no negrume da noite marcara a amante misteriosa com as tintas do mato, planta uma semente do cipó matamatá que tem mesmo forma de escada. O cipó cresce num átimo, e a traída sobe por ele, transformada em lua, e fica pra sempre banzando no céu, se mirando na água parada das ipueiras, pra ver se ainda não se acabaram as manchas da tinta.

Qualquer pessoa medianamente nutrida na facilidade das explicações, está vendo logo que estas lendas são precursoras do mais pesado que o ar. O que me enquizila em ambas é o ligamento que prende as aviadoras à terra, num caso o fio da teia, noutro o cipó. Parece que a interpretação mais aceitável é que em ambos os casos se trata de balão cativo. Isso prova pelo menos que os antigos habitantes deste mato sem saída, eram mais sensatos que nós. Andavam no ar, que dúvida! Porém sempre e sensatamente, em perfeita comunhão com a terra. É verdade que depois Santos Dumont, também brasileiro sensato, subiu aos ares com a intenção de saber onde levava o nariz e resolver a dirigibilidade dos balões. E de fato: mesmo quando mais pesado que o ar, levou o dito nariz onde muito bem quis. Mas nós outros... não sei não. Me parece que preferimos o anedótico destino de Gusmão, que subiu sem saber onde que iria parar. É exatamente o caso da valorização do café que beneficiou à América Central, e de todos nós, oh, todos, brasileiros natos, gente pesada que vive no ar e não sabe mesmo nada onde que vai parar.

É triste. Não queremos escutar os experientes cantadores nordestinos que, muito antes de mim, impressionados com a especialidade aerostática do brasileiro, fizeram um coco fabuloso. O solista entusiasmado exclama assim:

— Eu vi um areoplano

Avuano!

O coro conselheiro avisa logo:

— Divagá co'a mesa!...

Mas o solista romântico insiste no entusiasmo, mentindo como eu quando pesco dourado:

— E eu fui no "Jaú",

Aribu!

Mas o coro sempre conselheiral:

— Divagá co'a mesa!...

Qual o quê: jamais que iremos devagar com a nossa mesa!... Não temos interesse pelo nosso destino; o que nos entusiasma é a nossa predestinação. Dê a ciência aviatória no que der, caia o Brasil em que mares encapelados cair, o que nos dirige é a predestinação aviatória que faz com que nos imaginemos uns águias. Quando somos apenas uns borboleteantes anjos do Senhor.

Romances de aventura
1929

Depois do romance psicológico moderno, a gente não pode mais negar que todas as existências de homem são romances legítimos. Já não tem significação nenhuma isso da gente exclamar: "A minha vida é um romance!"... Todas o são. E si noventa e cinco por cento dos seres psicológicos deste mundo pensam que não têm muito que contar, não é porque não tenham não. É por simples fenômeno de timidez.

Agora: já é bem mais raro a vida humana se parecer com os romances chamados "de aventura". Acho incontestável que o homem no geral se conduz pela fadiga. Já exaltaram demais a curiosidade humana... Tem muitos animais que são curiosíssimos, e uma das coisas mais graciosas deste mundo é a curiosidade da mosca. Não quero desenvolver esta minha última afirmativa pra não me tornar o que chamariam de "anti científico", porém, moscas, em vão sois cacetes às vezes, sois mais curiosas que cacetes!

Voltando ao assunto: a história do homem tem sempre sido mal escrita, vive inútil e sem eficiência normativa, porque a vaidade nos faz escrever a história das nossas grandezas e não a manifestação evolutiva da nossa vulgaridade. São nossas ideias, nossas descobertas, nossos gênios, nossas guerras, nossa economia que a gente enumera, sai mosca! Imaginando que isso *é* a história do homem. E por isso acreditamos por demais em nossa curiosidade, quando realmente ela é esporádica e só de alguns.

O homem no geral se orienta muito mais pela fadiga que pela curiosidade. E si tão rara é a vida humana que se equipare aos romances de aventuras, isso vem principalmente da falta de força em seguir para diante. A fadiga cessa o homem pelo meio, ele fica tipógrafo, sapateiro, médico, fazendeiro, e numa quarta-feira morre assim. O homem não tem curiosidade nenhuma de viver, e as mais das vezes as aventuras chegam sem que ele as procure. Eu estava imaginando em Jimmy da Paraíba, e foi mesmo por causa dele que andei curioseando estas considerações, desculpem.

Jimmy era um negrinho como outro qualquer da Paraíba, se chamando Benedito, Pedro, um nome assim. Doze ou treze anos. Feio como o Cão, porém tipo da gente ver. Nariz não havia, ou era a cara toda, com as ventas maravilhosamente horizontais, dum nordestinismo exemplar.

Quando o conheci, este ano, o menino já estava pedantizado, homem feito, só respondendo ao nome de Jimmy. A aventura passara e o pernóstico até não gostava de falar nela! Ficara do romance apenas a vaidade de se chamar Jimmy, a mania de cantar a Madelon e desprezar as cantigas brasileiras diante dos seus doutores.

Jimmy era rapazinho esperto. Um moço paraibano, rico, meio estourado, se engraçou pelo menino e o levou à Europa. Tinha um escritório de qualquer coisa em Paris, Jimmy chasseur, recebendo gente, levando recado, numa farpela encarnada que o coroava rei da simpatia, um sucessão. Aprendeu o francês, decorou a Madelon, viajou a Itália, vivo que nem galinho-de-campina.

Uma feita o patrão de Jimmy se viu nuns apuros de dinheiro. Um não sei bem si rajá indiano estava tão entusiasmado com o negrinho que propôs comprá-lo. E Jimmy sem saber comprado, salvava o patrão dos apuros, e embarcava, escravo, em Londres, rumo do império das Índias.

Que libertação... ser escravo em pleno século vinte!... Afirmo que não tem nenhuma imoralidade neste desejo meu. Tem mas é fadiga. Desprover-se de vontades, ser mandado, nirvanização...

Bom, mas Jimmy é que não quis saber deste descanso, escreveu. A mãe dele andou chorando desesperada pelas ruas da Paraíba. Havia um brasileiro escravo de estimação, em Bombaim. A cidade de Bombaim fui eu que escolhi pra contar o caso. Mas os jornais principiaram falando. O Ministério do Exterior se mexeu. E Jimmy foi repatriado, livre, nessa ilusão de liberdade com que nós vivemos dizendo "hoje vou ao cinema", "sou inglês", "me passe o pão". Em vez: trinta anjos diabólicos peneiram invisíveis sobre nós, mandando ir no cinema, pedir pão e ser inglês. Nós obedecemos quase sempre...

Na sombra do erro
1929

Outro dia eu errei, e querendo falar em Caldas Barbosa, num artigo sobre o Aleijadinho, falei em Sousa Caldas.

Erro desses produz sempre na gente uma impressão tão desagradável que toma-se inesquecível. Afinal foi bom! E por causa da impressão péssima, acho que tomar Sousa Caldas por Caldas Barbosa não me acontece mais. Agora ficam na espera duma impressão dessas pra desaparecer, só mais duas confusões permanentes minhas, jamais saber entre Silva Alvarenga e Alvarenga Peixoto qual é o Silva, e entre farinha de mandioca e farinha de milho, qual das duas é a de milho.

Quão inexploráveis são as restrições do espírito!... Desde minha mais tenra infância que minha mãe me ensinava a distinguir estas farinhas, mas até hoje um recalque inachável as conserva sem batismo em mim. Sei que diferem. Distingo-as pelo olhar, gosto só duma... Porém si me são oferecidas pra valorizar a carne-de-sol ou o feijão-de-coco, me acanho apontando, murmurando "Essa!" pianíssimo, ansioso por saber e sem poder falar a língua das farinhas. Me consolo é recordando meu pai, homem de vontade, mas que morreu sem conseguir jamais saber qual é o lado mais doce da laranja. E como não passava sem ela, almoço e janta, setecentas e trinta vezes por ano tínhamos que lhe ensinar esse imprescindível b-a-bá cítrico.

Aliás tenho mesmo uma memória muito fraca, razão pela qual preciso duma biblioteca muito grande. Minha memória repousa nas folhas impressas, porém não me lastimo. Imaginação desarreiada galopa mais livre, e, já viram café florado? Assim são minhas surpresas. Além disso a precaução me obrigou a esta sabedoria de jamais não discutir em batebocas que o vento leva. Quando falam uma enormidade ao pé de mim, digo "Sei" com bem-aventurança. Eu amo a minha paciência. É mais lenta que um buço, e o fato dela não aparecer nos meus escritos não a desmente não. É que eu sou pelo menos em "dois", que nem falam os intalianinhos dos manos que a noite lhes deu. Sou em dois: esse um de que quereis saber, oh exigências do mundo, que sou eu apenas como um animal de raça que me dei de presente para os meus passeios no Flamengo, e o outro, o cheio da paciência, o que não tem nenhuma razão-de-ser terrestre, o que faz a minha felicidade incomparável e sou eu.

Agora esta matemática de dois está me lembrando um dos incidentes mais aborrecidos que me sucederam e a que nem posso chamar falta de memória... Foi uma troca de personalidades e nomes, coisa maluca duma vez. Estava com um amigo e conversa vai conversa vem, ele dizia:

— Beethoven, pouco depois de escrever a *Nona Sinfonia*...

Meio que sorri e cortei a frase:

— Que bobagem, Luis! A *Nona Sinfonia* é de Mozart. Ele me olhou muito sarapantado e afirmou que a *Nona Sinfonia* era de Beethoven. Nasceu uma rápida discussão penosa, eu levado logo ao máximo da exasperação pela coragem do leiguinho me contradizer a mim, profissional do assunto.

Caí em mim mas foi pra ter ódio de mim. Naquele tempo eu inda não era sábio, isto é, não tinha paciência. Deu-se esta confusão temível: o meu amigo pronunciava "Beethoven", eu ouvia "Beethoven" bem certo, mas meu espírito traduzia "Mozart". Então a verdade me obrigava a ensinar, que quem fizera a *Nona Sinfonia* fora Beethoven, eu imaginava "Beethoven", mas pronunciava "Mozart" e escutava "Mozart"!

Hoje ainda, quando penso nesse fato, as mais modernas explicações da fadiga mental não me satisfazem. E lhes asseguro que o meu sofrimento por vários dias foi medonho. Imaginei que estava ficando louco e esperei. Mas si não me engano esta bem-aventurança não chegou.

O terno itinerário ou trecho de antologia
1931

Saí desta morada que se chama O Coração Perdido e de repente não existi mais, perdi meu ser. Não é a humildade que me faz falar assim, mas que sou eu por entre os automóveis! Só na outra esquina tive um pouco mais de gratidão por meus pesares e me vi. Estava com dois embrulhos na mão.

Ambos se destinavam ao Correio e criaram em mim alguma decisão. Minha roupa cor-de-cinza riscava mal na tarde em nuvens e uma quase sensação de nudez me aparteou. Felizmente as auras vieram, batidas da várzea largada, me afagaram, me levaram a outros mundos animais em que é milhor viver.

O ônibus que tomei estava só e eu lia sem querer um artigo em francês. A França me aporrinha porque sempre o que me sobra dela, são umas letras grandes, com uns dois metros de altura, em que está escrito: CONGO BELGE. Nunca pude saber donde me vem tal obsessão. É muito velha em mim e por certo anterior ao dia glorioso em que, pela primeira vez, li num livro de estudo "le père" e "la mere".

O ônibus corria pela rua das Palmeiras, e assim que as letras francesas se recusaram a me ilustrar mais, fixando-se em "Congo Belge", fechei os olhos pra não ler. Mas é tão desagradável andar de automóvel com os olhos vendados! Acorda a noção do perigo e não se ajusta mais o ser com a realidade. Abri de novo os olhos e fui vendo o que é viajar. Árvore, tabuleta, casa, rua, e nós, os fabulosos.

Nesta linha de ônibus há uma encruzilhada fecunda em que uns rumam para a praça do Patriarca, outros seguem para o Correio. Esse é um momento bem feliz pra mim. Quando vou chegando lá, meu ser inteiro se apaixona, há coisa mais volúvel que automóvel!... É inútil a tabuleta do carro confessar nitidamente pra onde vai, si praça do Correio ou do Patriarca, ah, si o ônibus quisesse!... Jamais que ele quer, eu sei, jamais que ele desejará por vida minha, e disso nascem meus milhores sofrimentos. Não afirmo deseje que ele se dirija à Praça do Patriarca não. Me transtornava a ternura itinerária, que, como todas as ternuras, só pode provir da certeza. Mas si o ônibus quisesse... Todos os passageiros protestariam com enormes raivas. Eu protestava também. O carro sabe disso, e por aquela malvadez das coisas contra nós, jamais que nos permite protestar. A docilidade é a vingança das coisas inanimadas. Fico desolado e sofro com volúpia ali.

Nisto pensava com lentidão majestosa quando o ônibus parou na praça do Correio. Saltei como a primavera. No geral, quando o auto está chegando ao destino, tomo sempre as minhas precauções pra ser o primeiro a saltar, mas desta vez estava tão entregue a mim que até me assustou a chegada. Daí a vívida impressão de primavera em que flori. Agilizei-me em volições e uma elasticidade gentil moveu-me o corpo. Fiquei tão agradável que quando pus reparo em mim, estava tomando um café.

Como é amargamente dramática a reação do bom-senso! Uma comédia curta me representava tomando aquele impensado café. Era eu, tomando café — a vítima. Era a muito mais lógica felicidade de primeiro me libertar dos embrulhos, pra depois aprovar milhormente a bebida — o vilão. E, do outro lado da cena, ainda e sempre a primavera, Ariel, Nosso Senhor, o cantador Chico Antônio, enfim, todo o desequilíbrio contra a vida.

Quando alguém não puder se vencer, disfarce lendo as tabuletas. Mas eu juro que o que badala dentro de mim e explode em apoteoses, são Chico Antônio, Ariel, Macunaíma, esses entes sem nexo da primavera, que, só eles, conseguem me ofertar uma paisagem de pureza. Tudo o mais é esta vida: jardim inglês, jardim francês e a palmeirinha. Disfarcem, imbecis, leiam as tabuletas!

Eu saudava os que se riam pra mim, cedia passagem às damas, tinha piedade dos pobres, recusava bondosamente os vespertinos que os jornaleiros me davam, tomei ar de impaciência bem-humorada contra a leve nuvenzinha de poeira, quando o guarda me fez parar. Passai, veículos da grande cidade anchietana! Eu deixava passar os veículos. cedia espaço a novas senhoras e octogenários. compreendia os desocupados e me sentia vaidoso desta nossa humanidade. E como é suave registrar embrulhos no Correio... Esse ar apressadinho de trabalho, a irritação servil dos funcionários, a fatalidade imponente da compra de selos da Nação... Criados varrem o edifício. Várias pessoas escrevem cartas pros antípodas. os repórteres buscam avidamente assuntos com que encher os jornais de azedume aprazível. E no meio daquela lufalufa prodigiosa, a blusa azul-cocteau de um marinheiro! Felizmente havia doze embrulhos a registrar antes dos meus, e fumei, divertidamente fumei, enquanto a consciência me afagava devagar, sussurrando-me no ouvido: — Homem de bem!

Queria continuar deste jeito contando em pormenor o que fiz, vivi, senti, mas porém a intenção de entrar nalguma antologia me prende as vastidões. Fiz o que tinha a fazer, saudei mais conhecidos e, duas horas passadas da partida, eis-me de novo aqui, no Coração Perdido.

Ferreira Itajubá
1929

Leio Ferreira Itajubá, um dos nomes da poesia potiguar. E da poesia verdadeira do Brasil. Dizem que era muito ignorante e felizmente parece mesmo. As ideias dele não vão além da conversa, o que inda pode ser uma pena, porém os versos não têm no geral esses requebros de poética que deslustram muito a naturalidade do lirismo, nos contemporâneos dele.

> Desse tempo risonho do passado
> Cheio de tantos sonhos, de ilusões,
> Eu tenho o peito agora incendiado
> No fogo vivo das recordações...
> De ti me lembro. E quando, nestas plagas,
> A luz desaba cristalina em jorros,
> Eu vejo ao longe sem rumor as vagas
> E a solidão tristíssima dos morros.

No geral a poesia de Ferreira Itajubá era assim, verdadeira. E traz por isso um sabor nordestino bem forte. Às vezes (é certo que lera impressionado o pouco impressionante Guerra Junqueiro) emprega umas palavras que não existem, "aldeia", "batei", mas porém este Brasil é um mundo! Outro dia eu censurava Ferreira Itajubá por ter citado a nefanda "bonina" nas poesias dele, danou-se! toda a gente riu de mim. Uma gentilíssima se levantou, foi ali mesmo no vergel desta casa onde paro e me trouxe de presente, juro pelo que tem de mais perfeito nesse mundo, um oloroso ramilhete de boninas. É de fato uma flor singela, gente, e comum por aqui, da mesma forma que "acolá", o Brasil é um mundo.

Ferreira Itajubá si não foi um mundo tamanho assim, é dos poetas mais perfeitamente líricos, mais puramente poetas da geração de Bilac. O verso dele é duma suavidade impregnante, canta mesmo em melodia gostosa. Traduzido acho que perderá inteiramente o sabor, porem não ando convencido que isto seja um mal em poesia. Certos *lieder* de Goethe não suportam tradução também, e em alemão são coisas das mais puras. Pura cantoria.

O Brasil precisa conhecer milhor Ferreira Itajubá...

Como é doce viver o luar velando,
O luar que alveja a terra florescendo;
Moças, a noite clara vem descendo,
Cordas, a noite branca vem rolando!
Antes que o pescador faça-se ao mar,
Antes que a luz ardente apague a neve,
Moças, cantai, que a mocidade é breve.
Cordas, vibrai, que abril custa a voltar!

As moças e a viola foram o refrão da vida dele... E o fraque.

— Quando você casa, Itajubá!

— Inda não tenho fraque.

Acabaram mandando fazer um fraque pra ele. Então casou, mas continuou na gandaia. Violão em punho, por praias e ruas suspeitas, cantando. De fraque. Fazia discursos nos circos de cavalinhos. De fraque. Fraque, aliás, que foi a salvação de calças de vida longa.

Cinco meses depois de casado, participava a todos o nascimento do primeiro filho.

— Itajubá! Que é isso! Seu filho não é de tempo!

— É sim. O casamento é que não foi de tempo. Ponteava as cordas e soltava outra modinha. E assim viveu até o fim, de violão, de fraque e na gandaia.

Quero às vezes cantar, mas um doente não canta,
Que a moléstia lhe trunca as notas na garganta.
Morto me considero... As trovas melodiosas
Esqueci no infortúnio... As tranças perfumosas
Que amei, deixei de amar... Fecharam-se as janelas;
Foram-se as ilusões; casaram-se as donzelas.

Cai, Cai, Balão!
1932

Imagino que deviam fazer uma aplicação da lei de Mendel pra explicar certas manifestações do nosso espírito misturado, há coisas incríveis... A gente vai indo, vai indo, bastardizando o espírito nas tradições de todas as culturas do mundo, mesclando as tendências duma idade com as das outras épocas do homem, eis que de sopetão risca um gesto puro no ar, fui eu? O homem, nas alturas sábias dos quarenta anos, vai e pratica um ato de menino de grupo. Guardo, pra me embelezar a vida, uma peça de cerâmica feita por um caipira das vizinhanças de Taquaritinga. A decoração pintada copia descaradamente as cores de Marajó, e a forma reproduz com semelhança de pasmar, uma figurinha grega arcaica. Bem sei que se fala nas ideias elementares que tanto podem nascer na cabeça dum botocudo como dum maori ou de um fachista, eu sei. Nem foi minha intenção, que bobagem! Afirmar que o caipira de Taquaritinga provinha esteticamente de Marajó e da Grécia. Mas por outro lado, a realização espontânea duma faculdade infantil num homenzarrão meditabundo que já enterrou a infância num cemitério repudiado, mostra que o indivíduo, por maior técnica do ser que possua, guarda pra sua riqueza a inexperiência do aprendiz. Por mais organização que tenha, o indivíduo segue mandado por correntes marinhas incontroláveis. A rota pode ser muitíssimo bem norteada, se vai de Belém ao cabo Hom, que nem Carlos Gomes vai da "Noite no Castelo" ao "Escravo". Mas nada impede e nada indica, porém, o que a gente vai topar e vai mandar a gente, nesses incontroláveis oceanos. Pode ser tubarão. Pode ser a princesa de Trípoli.

É por isso que agora eu já não tenho mais vergonha do que me sucedeu outro dia e vou contar. Mas que cadeias misteriosas me puxaram dos desígnios tão pretos do homem-feito e me colocaram de novo como aprendiz desses desígnios, plena infância? Tanto mais que nunca na minha vida infantil fui pegador de balão!... O milhor é contar logo.

Era noite avançada, quase "vinte e quatro horas. São João, a festa já estava acaba-não-acaba nos barulhos raros do ar. Eu vinha... suponhamos que tivesse errado o caminho, eu vinha de destinos do homem-feito, forte e designado em mim. Vinha em procura da rua dos bondes que me levasse pra casa outra vez. Era longe, num bairro que dorme cedo. Foi exatamente quando virei a esquina: enxerguei no céu perto a chama viva do balão. Caía com fúria, por ali mesmo onde eu estava, em três minutos se transformava no cisco do chão. Corri, não tinha ninguém, corri. Fui até na esquina em frente que virei, o balão vinha cair mesmo na rua, oi lá! Como ele vem certinho, sem moça na janela pra me ver, pego o balão! Estou falando em moça porque decerto lá nos fundos de mim, si tivesse alguma possibilidade de moça na janela, não vê que eu corria pra pegar balão! Lá nos fundos de mim talvez estas noções persistissem, mas o fato é que não pensei em moça, pensei em nada, mas pego o balão.

E tanto não pensei em ninguém que agora vai suceder o espantoso. Não fui eu só que virei esquina. Também na esquina lá da outra ponta do quarteirão, viraram uma molecada duns cinco ou seis, já dos maiores, pelos doze, quinze anos, com paus nas mãos. Chegamos quase juntos no espaço em que se percebia que o balão vinha cair. Nos olhamos. Houve um primeiro receio na molecada, e em mim a sombra da infelicidade, ia perder o balão! Quis reagir com a autoridade de gente bem vestida, falei respeitável:

— Deixem que eu pego.

Decerto a primeira noção deles foi deixar, mas eram meia dúzia, com paus nas mãos. Reagiram manso, umas frasinhas resmungadas, depois mais nítidas, e então já eram inimigos.

— Já disse que quem pega sou eu!

Eu odiava, me desculpem, mas odiava. Me arrebentava, brigando com a molecada si fosse preciso, mas quem pegava o balão havia de ser eu. Minha vontade até ficara meia distraída, eu queria já brigar, bater, machucar muito, si algum ficasse aleijado, que bom!

— Não atirem pedra! Fiquei desesperado, iam estragar o meu balão! Inventei quase gritando: Sou secreta! Eu levo vocês pra... Me ajeitei milhor. O balão só roçou no fio do telefone, veio direitinho para as minhas mãos apaixonadas que tremiam lá no alto do ar, feito flor que come mosca. E peguei o balão. Ainda foi um caro custo apagar a mecha, não tinha prática, sempre olhando de banda, com rancor de morte, os moleques ali me odiando. Agora estava em mim de novo, o balão meu. Chegaram em disparada as vergonhas, as censuras, e um passado em que nunca fui moleque de rua, nunca jamais peguei balão. Mas os homens depreciam tanto a humanidade que trocam qualquer honra por dinheiro. Foi o que fiz, cruel. Sorri para os moleques, entreguei o balão a eles, também o quê que eu ia fazer com balão!

— Não sou secreta não, estava enganando. Praquê que vocês não vão pra casa dormir, é tão tarde! Olhem... repartam isso entre vocês... vão tomar um café...

A gente fala "café" por comodidade, mas está pensando cerveja, pinga, os desejados prêmios da alegria. Tanto que dei cinco mil réis à molecada. O que fiquei pensando, já escrevi no princípio.

Revolução pascácia
1930

O que trouxera um pouco mais de brilho àquela vidinha quando muito de candonga, fora a fundação do Partido Democrático. Não é possível perceber as razões que levaram certos pracistas daquela terra mansa a virarem democráticos, tudo ia tão bem! Mas agora as conversas do largo da Matriz e do clubinho das moças dançarem no domingo, chegavam a parecer discussões; e como não era possível a cidadinha ir milhor do que ia, a questão de perrepista ou democrático atingira as raias do idealismo. Discutiam, não os atos locais do compadre prefeito, mas a eloquência de Bergamini, os camarões da Light paulistana em que dona Arlinda, a mulher do chefe democrático, levara um tombo, coisas assim. Idealismo puro, como se vê. E o Comunismo. Ah, discutia-se ardentemente o Comunismo, esse perigo imediato, que àqueles pracistas se demonstrava absolutamente horroroso, porque ninguém sabia bem o que era.

Repartidos os homens, os democráticos menos numerosos mas sempre de cima pela mais cômoda posição de oposição, nem por isso as amizades, os compadrismos e parentagens se embaçaram. Continuou tudo na mesma. Só que agora os jornais da capital eram mais atentamente decorados, os homens eram mais altivamente gentis, e havia certa emulação na tualete das senhoras. A missa das oito valia a pena ver.

Quando arrebentou a revolução, os democráticos exultaram. Xingaram o presidente de uma porção de culpas. Os perrepistas apreensivos secundavam que não era tanto assim. Entre boatos e comunicados oficiais, tudo mentira, não se sabia a quantas o Brasil andava, e pela primeira vez, fora os casos de doença grave, a angústia sufocava o peito mansamente respirador da cidadinha. Oito dias, doze dias, não se aguentava mais! Os chefes perrepistas se reuniram, confabularam bem pedros-segundos, depois saíram da Câmara e foram procurar os democráticos que se reuniam na porta do Comércio e Indústria.

— Boa tarde.

— Boa tarde.

— Boa tarde.

Alguém arriscou um "Como vai" mas foi logo censurado pelos olhos correligionários.

— Olhem, vamos fazer uma coisa: não vale a pena a gente derramar sangue, nem estar agora diz-que brigando por causa de revolução. O milhor é fazer assim: si a revolução ganhar, nós entregamos tudo pra vocês, tomem conta da Câmara, da coletoria, do jornal, tá tudo em dia, só falta fechar o balanço do mês. Não se deve nada e tem vinte e dois contos da arrecadação em caixa. Mas si o governo ganhar, continua tudo na mesma, está feito?

— Está feito.

E comentaram mais sossegadamente os comunicados e sucessos do dia. Os sucessos do dia estavam sintetizados num sucesso guaçu. Os perrepistas tinham sido obrigados a organizar um batalhão que fosse defender o governo. Entre desocupados dos sítios e das vendas, por causa das promessas de dinheiro e principalmente por causa da janta excelente que veio da casa da prefeita ajudada pelas amigas de partido, o certo é que uns setenta rapazes se exercitavam ao mando de um sargentinho, lá no largo da Cadeia, mais longe pra não fazer muito barulho. Mas cortava o coração de todos, o Juca! o Amadeuzinho! até o Treque-treque golquipa que nunca deixara a cidadinha perder... Cortava o coração. Ora a partida do batalhão fora determinada pra esse dia. O certo é que foi chegando perrepista, foi chegando perrepista na estação, até o prefeito, que não falava nem por nada, preparara um discurso. Mas soldado mesmo! Dos setenta apareceram vinte. Vinte tristes, assustados. O sargento xingou todos de negros, de covardes, e aquilo até ficara doendo no coração dos chefes perrepistas. Desaforo! Xingar nossa gente de negros! São da roça, não entendem!...

Era hora dos jornais, o trem já apitara na curva, mas as verdades correm mais depressa que os jornais. Nem o trem ainda pousara na estação, seu Marcondes parou o forde na porta do Comércio e Indústria e contou brilhando. Os vinte mártires tinham desertado na estação seguinte, e o sargento fora obrigado a voltar sozinhíssimo com armas e bagagens. Isso foi uma gargalhada geral de satisfação. Peste! Negro era ele! bem-feito! E foram todos pra casa jantar, ler jornais. Depois seria o cavaco, feito de largos silêncios, na sublime tardinha da nossa terra.

O resto já se imagina. Viveram mais uns dias de não saber nada, o Palácio da Liberdade não parava de ser bombardeado em Belo Horizonte, Cruzeiro não acabava mais de cair, etc. Afinal chegou a notícia nocaute, essa verdadeiríssima: ele fora pro forte de Copacabana. Os democráticos já estavam com vontade de tomar conta de tudo, mas os perrepistas aconselharam mais calma, vamos esperar confirmação. Veio a confirmação. Então os perrepistas entregaram a Câmara, a cadeia, o jornal, tudo. E foram conversar na porta do Comércio e Indústria, à espera dos jornais. Só que agora estavam de cima, já bem menos numerosos, porém, mais vivazes e argumentadores, por gozarem das regalias da posição de oposição.

Largo da Concórdia
1932

Sábado de Carnaval. Muita gente no largo da Concórdia noturno e circunspecto. É verdade que a frontaria do teatro está cheia de luzes de anúncios prometendo bailes de arromba. O portal de pano pintado oferece duas mulheres "bem nuas". Mas tudo está ritual, circunspecto e desolado.

Os passeantes, principalmente italianos e portugueses, a que húngaros, letões, rajam apenas com ar de limpeza inteiramente enganadora, os passeantes rondam sem nenhum que fazer, numa disponibilidade tão agressiva que tira qualquer convicção de Carnaval ao noturno.

Essa é a gente que forma as rodas em torno dos máscaras e umas musiquinhas que dão espetáculo de se divertir. São círculos duros, inquebráveis de gente aproveitando a escureza para dezenas de coisas proibidas. Há uma luta reles pra ficar atrás das mulheres, por acaso. Mas a maioria busca fatigadamente que o tempo passe, se agarram uns nos outros, pra que o tempo passe numa sensação de Carnaval ou de outras coisas. E a Europa Central roubando.

A música é a milhor dessas ilusões fatigadíssimas. O italianinho sujo veio da Argentina e aos ímpetos de Nápoles já prefere cantar seu tango com sotaque de gringo. Mas o que é instinto! Bota firmata em cada frase. No chorinho de três mulatos, violão, gaita e ganzá, os mais corajosos principiam dançando, homem com homem porque as pretas se recusam a dançar na rua. Na maioria é português com português, se pisando. É um samba carioca da gema, que um dos portugueses dançarinos se lembrou de humanizar mais, com o canto. Intromete na melodia da gaita, quadrinhas do mais puro e antidiluviano Portugal. Acaba vencendo os instrumentistas que agora se resumem a um morno acompanhamento passivo. E o fado reina, besta. Mais heterogêneo ainda é este mulato macota com os mais gordos braços de dona de pensão que já enxerguei. Fantasiou-se de índia, todinho de pena, que nem guarani de gravura. E acompanhado pelo ganzá do comparsa italiano, canta em falsete a habanera da "Carmen"! E si eu disser que a dança dele muito se aproxima dum charleston tremido, ninguém acredita.

Os basbaques não respeitam nada, vão apertando o círculo que ninguém não pode mais nem dançar nem tocar. De repente dá um frenesi nesses carnavalescos apertados: com socos, patadas, cotoveladas, insultos medonhos alargam um bocado a roda, que um minuto depois fecha outra vez.

Só nas rodas dos pregadores de santidade o círculo é mais respeitoso e desleixado na união. Um dos santos é mulato claro, com jeito de bom. Dá uma sensação mesmo extraordinária de limpeza moral, todo bem arrumadinho, avisando o povo que não beba e o fim do mundo está perto. "Senhores, está no livro sagrado que o fim do mundo vem do oriente, é essa guerra da China com Japão! Dum lado ficarão os bão, do outro lado ficarão os mau! Dum lado ficarão os insolente, doutro lado ficarão os solente"! O outro cheira a cabotino. "Vós num pensai não que a nossa Bíblia é deferente da Igreja, só que ela é em latim, ninguém entende e a nossa é em portuguêis! Na China? É em chinêis! Em chinêis!... Nóis num brigamo com ninguém não, nóis aceitemo toda as religião, porquê a nossa religião é do amor! Num é cuma desses padre danados que só qué N. S. de Pirapora, Santo Antonho do Buraco, São Pedro da Tabatinguera! A nossa religião é do amor! Nóis aceitemo tudo"!

Quase meia-noite. De repente um dos ouvintes olha pra trás, se afasta. Outro olha pra trás, se afasta. Em quinze minutos o largo da Concórdia se esvazia. Fica um resto de basbaques na frente do teatro, olhando, olhando. Alguma negra fantasiada é um arroubo sublime de nem sei que felicidades sonhadas. Entrou no baile que está sem arroubo nenhum, exatamente. Mas o que não imaginam os que não entram, parados ali sem vida, junto aos vendedores de limonada, mendoim, cuscuz, doces, abacaxi. Do outro lado das árvores a avenida já está ofensivamente larga. Os bondes, os ônibus nem tiveram que suspender a circulação. E são os que mais se tomaram de Carnaval, passando numa velocidade maluca, badalando, fonfonando sem parada, alarmando a paz circunspecta.

Sociologia do botão
1939

A sociologia está milagrosamente alargando os seus campos de investigação. Hoje pesquisa-se sobre qualquer elemento da vida, com resultados inéditos da mais grave importância. Estamos todos, para maior felicidade, unanimemente convencidos que uma análise dos nomes das casas que vendem colchões, pode fornecer a razão do excesso de divórcios; e si uns destroem a verdade poenta dos alfarrábios ciscando anúncios de jornais, outros constroem doutrinas inteiras sobre a urbanização da humanidade, estudando a rapidez do voo dos mosquitos. Ora foi meditando sobre isso com os meus botões, que estes me comunicaram a teoria ilustre que venho vos expor.

Porque, senhores, estou agora sendo vítima dos meus botões. Arrancado, sem nenhuma alegria, do meu lar paulistano, eu vivo agora a vida aberta de um arranha-céu carioca. Pois nem bem se passaram três meses deste processo de viver, me vi forçado a encarar pela primeira vez na existência, o problema do botão. E principiou se valorizando em mim aquele sublime silêncio com que minha Mãe repassava semanalmente as minhas roupas vindas da lavadeira, reforçando botões bambos e pregando novos no lugar dos que tinham me abandonado. Agora não. Minha Mãe ficou lá no seu lar de província, eu bracejo na descarinhosa luta da cidade grande, com trinta e seis botões bambeados. E pouco a pouco, insensivelmente, já vou me acostumando com esta nova insegurança e com a ameaça imodesta de uma repentina nudez.

Alguns retrucarão que o meu caso é particular, pois sou solteiro. Meu caso é o da maioria, pois nem são as esposas modernas mais hábeis que nós, barbados, no ofício de pregar botões (sei de muitas que se recusam altivamente a fazê-lo), como nem são pouco numerosos os totalmente solteiros. De resto, aproveito este ensejo tão íntimo, para vos apresentar minha criada Maria, fluminense benedita e dedicada que se sujeita a ser mulher de botão pra mim. Solicitude não lhe falta: lhe falta é ter vindo ao mundo naqueles tempos de dantes, em que minha Mãe aprendeu a pregar botões tão garantidores como um fio de barba de meu avô.

O homem, de uns tempos pra cá, não usa mais dos alastramentos abusivos da metáfora, quando pensa, fala ou briga com os botões. O que foi metáfora um dia, hoje é realidade amarga. O botão contemporâneo apenas contemporiza. E por isso vê-se o homem condicionado a um botão aproximativo que está provocando vastas mudanças sociais. A mim me parece mesmo que está se criando toda uma vida e mentalidade desabotoada, a que bem se poderia chamar de Civilização do Botão. Vejamos:

PRIMO:

O homem, ao abotoar ou desabotoar um botão, já não o faz pensando em álgebra, dissolubilidade do matrimônio ou próximas eleições, pensa botão. Ora, como sabeis e ficou assentado pela psicologia, o botão é imagem sexual. Esta imagem persegue o homem dia inteirinho, pois ele está preocupado com o déficit de casas abotoadas, botões no fracasso e a possibilidade de encontrar pelo caminho alguma mulher que seja verdadeiramente de botão. Como negar portanto que o exaspero sexual da atualidade se origina do botão! Avanço mais: o freudismo é uma consequência direta do botão. É uma doutrina de ensejo visivelmente pragmatista, só imaginada porque estamos em plena civilização do botão.

E já concordareis que este é um assunto da maior gravidade. A civilização do botão, muito mais que o cimento armado, é que levou-nos à vida endogâmica do arranha-céu. Até que ponto o apartamento prova uma atitude, não apenas técnica, mas desabotoada da sociedade?... Em verdade, vos digo: o apartamento é o filho adotivo da civilização do botão. Filho postiço, como diria Machado de Assis.

SECUNDO:

O botão mal pregado, que salta irreverentemente quando o milionário estufa a peitaria gritando "Viva a Humanidade!", enfim, o botão inconfiável, o botão-acaso, acaba acostumando a gente a viver na insegurança e no relativo. A Relatividade é outra doutrina conformista só admissível dentro da civilização do botão. Pois que os botões já não são mais integérrimos botões, nem as casas femininamente casas, nem o que está abotoado o está sinão relativamente, brota e se fixa em nós a complacência espiritual com o aproximativo. A falta de nitidez indumentária, tem como consequência natural a gente se acostumar com a falta de nitidez intelectual, moral, social. Si aceitamos as roupas mais ou menos lotericamente abotoadas, somos como consequência levados a aceitar doutrinas e ideologias também inseguramente arrematadas, sem a garantia de verdade desta que vos exponho. Enfim, si as arianizações tempestivas, os fachismos ilusórios e ofuscante grandeza nacional dos totalitarismos, arregimentam facilmente as multidões rubicundas, é porque estas já foram arregimentadas pela psicologia de um botão improvável. As ideologias como os botões, só têm valor ocasional. O importante é que o botão tergiverse.

TERCIO:

O meu amigo uruguaio me faz notar, porém, que mesmo no meio de tais e tamanhos desabotoamentos sociais, sempre houve uma reação digna da parte do homem. Infelizmente esta mesma reação veio manchada pelo cinismo aventureiro da civilização do botão. Já percebestes, por certo, que estou me referindo ao fecho "éclair" ou zip, que não sei como se escreve. Mas que contraditória coisa o fecho "éclair"! Duas carreiras de dentinhos eis que se unem e desunem a um risco de mão, zip! Como se fecharam ou abriram? mistério. E a consciência de cinismo oportunista se acentua. Será certo que o substitutivo zip representa um derradeiro esforço do ser social, na preservação de sua integridade! Mas de nulo ou contraproducente valor normativo, pela rapidez sem esforço que exige, e sempre desleal e conformistamente aproximativo, o fecho zip representa bem uma sociedade de panos quentes, misterioso e mítico, sem aquele severo, realista e irretorquível sentido abotoante do botão de minha Mãe. Só as mães, não mãe-de-apartamento, só as MÃES sabem pregar botões! E tenho dito.

Xará, Xarapim, Xêra
1930

Como os nomes também são cotidianos... Foi até dramático, na próxima-passada revolução: nem bem surgia, na tomada de contas, um Fulano dos Anzóis Carapuça que visitara o sr. Júlio Prestes, organizara batalhões patrióticos, etc., surgia logo no dia seguinte outro fulano pelo jornal reclamando, que não! que não era ele, era um tocaio apenas, um xará, um xarapim, um xêra. Não foi à toa que tiramos todas estas palavras do tupi pra indicar nossos numerosíssimos homônimos, mas praquê reclamar, gente! Já ficou mais que convencionado que todos os brasileiros eram revolucionários pelo menos de coração, ai, que jamais não passaremos de uns xarás!

Eu não reclamei, e não reclamo contra os meus assustadores xarapins. Agora mesmo tive um que organizou batalhão e outro que deu dois mil réis pra pagamento da dívida do Brasil. Uma vez, pondo os olhos num jornal, na primeira página vinham grandes notícias anunciando o desaparecimento do indigente Paulo Prado e, virada a página, sob uma cara patibular com cabeleira imensa, contavam que enfim estava preso o ladrão Mário de Andrade, especialista em roubar canos de chumbo. Dessa vez fiquei um pouco tonto.

Só de outra, porém quase me desonrei reclamando. O correio chegou e na minha correspondência estava um jornal, quem me mandou não sei. Era um diário de uma linda capital do norte. Já estive nela, passei lá um dia sublime, até colhi conchinhas na praia. Pois fui lendo os títulos do jornal e imaginem de quem era o escrito sobre José Pompeu da Silva Brasil! Era meu! Meu-teu-seu-nosso--vosso-deles. Um instinto, mui desprezível sei, de propriedade me convulsionou o entendimento e as sensações. Nem sei dizer si gostei, si não gostei daquela literatura, estava tão vasculhado por dentro, o que era aquilo: eu escrevendo sobre José Pompeu da Silva Brasil! No momento não atinei com a possibilidade dum xêra palmilhando em vida consuetudinária a cidade formosa em que colhi conchinhas uma vez. Pensei num furto, de tal forma o burguesíssimo instinto de propriedade me abatia as paciências humanitárias, no instante. Pensei num furto. Mas felizmente que não reclamei. Reposto em calma o ser, percebi logo que era apenas mais um xêra, enfim, seu Xarapim!

Os Filhos da Candinha

Nos princípios da minha vida literária, quando ainda neste Coração Perdido se mantinham ilusões de glória e perpetuação, adotei vaidosamente um nome que conjugava as memórias de meu Pai com minha Mãe... Porém me advertiram suave que, com o nome adotado, eu ficava tocaio de outro alguém, mais velho e nome-feito, homem de filosofias e políticas a que qualquer confusão com o nome-feio de artista na certa ia prejudicar demais. Cedi, ficando apenas com o que meu Pai me dera. Mas que bom seria se eu pudesse ajuntar o nome de minha Mãe ao do meu Pai, sem ficar me parecendo com ninguém!...

Mas na mera coincidência nortista, assim que soube certo da vivência de um xarapim mais moço lá, a sensação de roubo desapareceu, mas completamente. Que culpa esse moço tem de possuir um nome igual ao meu? Nenhuma. Sujeitou-se a todas as confusões e más-conselheiras tradições de minha vida literária precaríssima, o pobre! Vítima das fatalidades xarás. Eu é que me sinto radioso de ter um tocaio mais novo parando em terras mais radiosas. Ah, se eu tivesse a idade dele... Me miro, me narciso nesse moço em vida apenas principiada. Que todos os corupiras o façam marupiara e grande, como eu não pude ser! Olhe, Mário de Andrade do norte, às vezes, quando estou nos matos das minhas viagens, sigo deixando cigarros por todos os ocos dos paus. É pros corupiras. Não creio que esses filhos primários da imaginação tupi se preocupem em distinguir os xarás. Fumam os meus cigarros, mas todos os benefícios que enviam, em vez, vão cair por engano no meu jovem xarapim. Não faz mal. Já não careço mais de benefícios, tenho a vida feita. Mudar de nome, agora, já também não posso mais, xará, é tarde para estes quase quarenta anos. Me deixe conservar este nome que é seu, que reconheço como seu e que engrandecerá o Pará, xará. E apenas uma homenagem que a minha experiência oferta à sua mocidade, com doçura infinita. E esperança.

O dom da voz
1939

Estava hoje à procura de um assunto quando tive a felicidade de encontrar um homem que admiro muito. Professor dos mais dedicados, só uma vez duvidei desse justo: foi quando ele me comunicou que abrira um curso de oratória. Não cheguei propriamente a me espantar, tive a certeza imediata de que o meu amigo estava irreparavelmente louco. Depois, muito aos poucos, pude me convencer de que não se tratava de loucura não, mas de um possível ideal, parece incrível.

É sabido que os gregos se entregavam muito à oratória e os selvagens também. À noitinha, acabados os descansos do dia, os brasis se ajuntavam em torno do fogo e falavam, falavam, falavam. Os gregos também falavam, falavam, falavam. E os brasileiros também. E agora, com essa guerra, também os enormes guerreiros estão falando que é um incontestável despropósito. Si ao menos as guerras se limitassem a batebocas de chefes valentíssimos, ah! Como eu havia de abençoar o dom da voz! Em vez, segundo a lição europeia das guerras, está mais que provado que discursos não dão pra ganhar batalha nem fazem valer o direito da gente. De forma que foi necessário organizar uma entrosagem muito conivente de armas palpáveis e armas impalpáveis. Primeiro os grandes chefes deitam muito discurso e conseguem convencer do uso da guerra os que já estavam convencidos disso. Imediatamente em seguida chega o instante menos imaginoso do exercício das armas palpáveis, canhões, escondimento apressado das crianças que participarão da guerra próxima, cidades bombardeadas. Mas eis que nasce o medo, hoje intitulado guerra de nervos, porque o homem, como todos os seus irmãozinhos do mato, dos ares e das águas, é fundamentalmente medroso. E é então que volta salvadoramente esse dom da voz, que de acordo com os prospectos dos cursos de oratória, "permite convencer os outros e nos aumenta a confiança em nós mesmos". E eis cada qual convencido e confiantíssimo. "Morres de fraco? Morre de atrevido!" O medo desaparece.

Ora valha-me Deus! Está claro que, pelo simples fato de escrever estas linhas amargas, não me convenço de ter arrancado do poroso saco das ideias, um argumento a mais contra a oratória. Já porém, essa justificativa de que saber falar em público nos aumenta a confiança em nós, coisa provada, é que muito me melancoliza. Os conselhos da desconfiança e timidez me parecem bem mais fecundos e intelectuais. Ah, essa marca da minha viagem amazônica...

Íamos um pequeno grupo de paulistas, dirigidos por D. Olívia Guedes Penteado, que por lá, os jornais, e os pobres intitularam de "rainha do café". Mas não só do café ela era rainha, o que nos proporcionou várias recepções oficiais e numerosos discursos. Eu, que era o homem do grupo, tivera até esse dia, a timidez intelectual de jamais falar em público, jamais improvisar. Já algumas vezes lera em público, manifestação honrada e pertencente ao domínio da inteligência, e que nada tem a ver com falar. Eis que de repente, logo num primeiro almoço íntimo, em Belém, quando chegou a hora prima post-meridiana, que era a da sobremesa, um orador se levantou e veio pra cima de mim com um discurso de saudação. Digo que o discurso veio pra cima de mim, não porque fosse a mim dirigido, era, com toda a justiça endereçado à rainha de nós todos. Mas logo percebi que a mim, homem do grupo e tido às vezes por poeta, caberia responder. Ainda a timidez me obrigou a hesitar em meu bom-senso açaimado, mas D. Olívia me fez um graciosíssimo pedido com o olhar. E penetrei na onda convulsa da pororoca.

O papelão que fiz não se descreve, embora, nos momentos de lucidez, eu conserve um inconfessável orgulho do meu fracasso. A única coisa de que me lembro é que, súbito, depois de uns quatro ou cinco minutos de palavras que eu falava, me nasceu uma ideia! Ideia não muito rara eu sei, mas enfim sempre era uma ideia. Significava mais ou menos que, no meio das coisas tão bonitas e novas que víamos, jamais; inda nos lembráramos do sul, porque os homens eram os mesmos, parafraseando o grande poeta: "Tendo um só coração, tendo um só rosto". Ainda encompridei a ideia, acrescentando qualquer coisa sobre o sentimento perfeito que tínhamos da "inexistência dos limites estaduais" (não sou centralista, sou municipalista, mas não fazia mal me trair em palavras). E acabei o discurso. E quando me namoraram os ouvidos uns aplausos delicados, palavra de honra que o meu único desejo era levantar outra vez e fazer mais discurso! Coisa fácil as palavras!...

Não faltou ocasião. Em quase todas as cidadinhas do rio imenso, tive que parafrasear o "grande poeta" e reconhecer mais numerosas vezes a "inexistência dos limites estaduais". E quando chegamos a Iquitos, capital do departamento de Loreto, no Peru, a coisa ficou prodigiosamente fácil. Tomei a parafrasear o "grande poeta" (não havia meios de me lembrar do nome dele!) e troquei os "limites estaduais" por "nacionais", com ardente sentimento de americanismo.

Quem me trouxe à razão foi o "grande poeta". Não houve meios, durante a viagem toda, de lembrar o nome dele. O nome sagrado de Machado de Assis, que nunca fez discursos de improviso, se recalcara no subconsciente como terrível censura à minha confiança em mim. Só quando estava já no mar oceano, de volta, sem probabilidades de botar discurso mais, o nome do poeta me tornou à lembrança. Caí em mim. Nesse mesmo dia, recebi um rádio de Luís da Câmara Cascudo, amigo íntimo, que ainda nos preparava uma recepção oficial, em Natal. Dizia "Quer almoço presidente discurso ou sem? Abraços". Respondi: "Sem. Abraços".

Memória e assombração
1929

Outro dia maltratei bastante o valor da linguagem como instrumento expressivo da vida sensível. Agora conto um caso que exprime bem a força dominadora das palavras sobre a sensibilidade. Quem reflita um bocado sobre uma palavra, há de perceber que mistério poderoso se entocaia nas sílabas dela. Tive um amigo que às vezes, até na rua, parava, nem podia respirar mais, imaginando, suponhamos, na palavra "batata". "Ba" que ele, "ta" repetia, "ta" assombrado. Gostosissimamente assombrado. De fato, a palavra pensada assim não quer dizer nada, não dá imagem. Mas vive por si, as sílabas são entidades grandiosas, impregnadas do mistério do mundo. A sensação é formidável. Porém o caso que eu quero contar não é esse não, e se passou com a minha timidez.

Entre as pessoas que mais estimo está Prudente de Morais, neto, o escritor que tanto fez com a "Estética", pra dar uma ordem mais serena ao movimento das nossas letras modernas. Há muitos Prudentes nessa família e nós tratávamos o nosso por Prudentinho.

Uma feita ele veio a São Paulo e fui visitá-lo. Cheguei no portão duma casa nobre, alta como a tarde desse dia. Uma senhora linda tornava tradicional um jardim plantado entre duas moças. Meu braço aludiu à campainha com delicadeza e uma das moças perguntou o que eu queria. "Falar com o Prudentinho" secundei. A moça me contou que o Prudentinho estava no Rio.

— A senhora me desculpe, mas hoje mesmo ele telefonou pra mim.

Ela sorriu:

— Ah, então é o Prudentão.

Fiquei numa angústia que só vendo, senti corpos de gigantes no ar. Jamais um aumentativo não me fez perceber com tamanha exatidão a malvadez humana. Decerto a moça teve dó porque esclareceu:

— Naturalmente é o Prudentão, filho do dr. Prudente de Morais...

— Deve ser, minha senhora!... arranquei da minha incompetência.

Então a moça foi boa pra mim e respondeu que o Prudentão não estava. Fugi com tanta afobação da casa do gigante, uma casa mui alta, fugi com toda a afobação.

Estava muito impressionado e passei uma noite injusta. Não é que sentisse medo nem sentira — positivamente eu já não posso mais ter medo de gigante. Porém tivera a sensação do gigante, e ele produzia em mim efeitos de estupefaciente. Eu enxergava um despotismo de Prudentes sobre um estrado comprido, procurava, procurava e não achava o meu. Quando cheguei lá no fim do estrado, enxerguei novo estrado cheio de novos Prudentes... Eram decerto encontradiços de rua, alguns rostos pude identificar por estarem nas memórias desse dia. Dum fulano parado na esquina me lembrava bem.

Veio um momento em que não pude sofrer mais e reagi. Murmurei com autoridade: Prudentico! Essas confianças que se toma com os companheiros são bem consoladoras... Nos inundam dessa intimidade que é a presença de nós mesmos. Dormi. É sempre assim. As memórias que a gente guarda da vida vão se enfraquecendo mais e mais. Pra dar a elas ilusoriamente a força da realidade, nós as transpomos para o mundo das assombrações por meio do exagero. Exageros malévolos, benéficos. E um dos elementos mais profícuos de criar esse exagero é a palavra. Poesias, descrições, ritos orais...

É um engano isso de afirmarem que a gente pode reviver, tornar a sentir as sensações e os sentimentos passados. As memórias são frágilimas, degradantes e sintéticas, pra que possam nos dar a realidade que passou tão complexa e intraduzível. Na verdade o que a gente faz é povoar a memória de assombrações exageradas. Estes sonhos de acordado, poderosamente revestidos de palavras, se projetam da memória para os sentidos, e dos sentidos para o exterior, mentindo cada vez mais. São as assombrações. Estas assombrações, por completo diferentes de tudo quanto passou, a gente chama de "passado"...

Meu engraxate
1931

É por causa do meu engraxate que ando agora em plena desolação. Meu engraxate me deixou.

Passei duas vezes pela porta onde ele trabalhava e nada. Então me inquietei, não sei que doenças mortíferas, que mudança pra outras portas se pensaram em mim, resolvi perguntar ao menino que trabalhava na outra cadeira. O menino é um retalho de hungarês, cara de infeliz, não dá simpatia nenhuma. É tímido o que toma instintivamente a gente muito combinado com o universo no propósito de desgraçar esses desgraçados de nascença. "Está vendendo bilhete de loteria", respondeu antipático, me deixando numa perplexidade penosíssima: pronto! estava sem engraxate! Os olhos do menino chispeavam ávidos, porque sou dos que ficam fregueses e dão gorjeta. Levei seguramente um minuto pra definir que tinha de continuar engraxando sapatos toda a vida minha e ali estava um menino que, a gente ensinando, podia ficar engraxate bom. É incrível como essas coisas são dolorosas. Sentei na cadeira, com uma desconfiança infeliz, entregue apenas à "fatalidade inexorável o destino".

Pode parecer que estou brincando, estou brincando não. Há os que fazem engraxar os sapatos no lugar onde estão, quando pensam nisso. Há os como eu, que chegam a tomar um bonde comprido, vão até a rua Fulana, só pra que os seus sapatos sejam engraxados pelo "seu" engraxate. Há indivíduos cujo ser como que é completo por si mesmo, seres que se satisfazem de si mesmos. Engraxam sapato hoje num, amanhã noutro engraxate; compram chapéu numa chapelaria e três meses depois já compram noutra; conversam com a máxima comodidade com os empregados duma e doutra casa e com todos os engraxates desse mundo. Indivíduos assim me dão uma impressão ostensiva de independência feliz, porém não os invejo.

De primeiro, fazem talvez vinte anos, meu engraxate foi trabalhar com o meu freguês barbeiro. Era cômodo, ficava tudo perto da minha casa de então. Meu barbeiro, serzinho de uma amabilidade tão loquaz que acabou me convencendo da perfeição da gilete, logo me falou que aquele engraxate falava o alemão. Perguntei por passatempo e o italiano fizera a guerra, preso logo pelos austríacos.

Era baixote, atarracado, bigode de arame e uma calvície fraternal. Se estabeleceu uma corrente de forte interdependência entre nós dois, isso o homenzinho trabalhou que foi uma maravilha e meus sapatos vieram de Golconda. Nunca mais nos largamos. Entre nós só se trocaram palavras tão essenciais que nem o nome dele sei, Giovanni? Carlo? não sei. Um dia ele me contou baixinho, rápido, que mudava de porta. Foi o que me deu a primeira noção nítida de que o meu barbeiro era mesmo duma amabilidade insustentável. Mudei com o meu engraxate e, pra não ferir o barbeiro que afinal das contas era um homem querendo ser bom, me atirei nos braços da gilete a que até agora sou fiel.

Veio o dia em que a engraxadela aumentou de preço. Só soube muito mais tarde, por acaso, meu engraxate não me contou nada, preferindo ficar sem gorjeta, não é lindo! Nos fins de ano, jamais pediu festas, eu dava porque queria. Hoje, tanto as festas como as pequenas gorjetas me produzem um sentimento de mesquinhez, não sei por que dificuldades meu engraxate terá passado, quanto lutou consigo e com a mulher. Afinal não aguentou mais esta crise, vamos ver si vender bilhete rende mais!

O menino, até me deu raiva de tanto que demorou. (Meu engraxate também demorava demais quando era eu, mas não dava raiva). O menino, pra falar verdade, engraxou tão bem como o meu engraxate e meus sapatos continuaram vindo de Golconda. Não sei... não voltei mais lá. Faz semana que não engraxo meus sapatos. Sei que isso não pode durar muito e o mais decente é ficar mesmo freguês do menino, porém minha única e verdadeira resolução decidida é que vou comprar bilhetes de loteria. Não tenho intenção nenhuma de tirar a sorte grande mas... mas que mal-estar!...

Bom Jardim
1929

Na anca do terreno o sol se achata no amarelo sem gosto da bagaceira. Perfume lerdo, que não toma corpo bem, não se sabe si de pinga, de açúcar, de caldo de cana. Bois. Três, quatro bois imóveis, mastigando a cana amassada, fortes, alguns de bom estilo caracu no casco, no pelo. Mas já os estigmas do zebu principiam aparecendo na zona...

Vem o cambiteiro com os jericos, três, no passo miudinho de quem dança um baiano. Nos cambitos triangulares a cana vai deitada, últimos restos da safra do ano, arrastando no bagaço os topes de folha verde, feito um adeus.

Através da porta do engenho, escurentada mais pela força da luz de fora, dois homens vêm, um na frente outro atrás, rituais, eretos, no sempre passo miudinho e dançarino dos brejeiros. Carregam a padiola com os bagaços da cana já moída. Trazem apenas calças e o chapéu de palha de carnaúba, chinesíssimo na forma. E que cor bonita a dessa gente!... Envergonha o branco insosso dos brancos... Um pardo dourado, bronze novo, sob o cabelo de índio às vezes, liso, quase espetado.

Entro no engenho. É dos de banguê, tocado a vapor. Os homens se movendo na entressombra malhada de sol, seminus, sempre os chapéus chins: meio se colonializa a sensação em mim. Não parece bem Brasil... Está com jeito da gente andarmos turistando pelas Áfricas e Ásias do atraso inglês, francês, italiano, não sei que mais... Todos os atrasos da conveniência imperialista.

Depois do engenho verde, a construção faz uma queda. No outro plano de lá é a casa de caldeira. Estão fazendo meladura. O canalete conduz o caldo de cana pra cascatear pesado, pesado de açúcar, num tanque de cimento, o parol, como se diz. A fantasista etimologia popular anda já falando em "farol"...

Fronteiro ao parol está o grupo das tachas fabricando açúcar. Outro malaio, bigodinho ralo, trabuca ali. É o "cunzinhadô" como dizem lá em Pernambuco — o "mestre", o homem importante que dá o ponto no mel. A musculatura dele exemplifica a anatomia do costado humano. Felizmente que não sei anatomia. Vejo, mas é o outro duro daquele corpo, se movendo no esforço, transportando em cocos enormes de cabo preso no teto, o caldo fervendo, outro claro, duma para outra caldeira. Às vezes o vento vem e achata a fumaça da fervedura. Esconde tudo. Fumaça acaba aos poucos, e a cena revive, o outro pesado do homem perfilando sobre o ouro claro da espuma das tachas. Na derradeira o mel está no ponto. A espuma, mais profunda, quase cor das epidermes daqui, foi se entumescendo, entumescendo oval, com um biquinho no centro, ver peito de moça. "Peito de moça" é que falam mesmo, peito de moça... É o açúcar, delicioso, alimentar, apaixonante. Moreno e lindo mesmo, como um peito de moça daqui.

Biblioteconomia
1937

O contato com os livros e manuscritos dessas idades que irreverentemente costumamos chamar "passado", será que nos deixa o ser mais antigo?... Parece. Positivamente não é a mesma coisa a gente Matias Aires numa edição primeira ou numa reimpressão contemporânea. A transposição moderna conterá sempre a mesma substância, e mesmo nas raríssimas edições honestas, a substância estará enriquecida de comentários, correções, esclarecimentos. Mas importante é que não são apenas os dados da verdade que um livro pode nos fornecer. Quem julgar assim, sabe ler pelo meio.

O livro não é apenas uma dádiva à compreensão, deve ser principalmente um fenômeno de cultura. Quem lê indiferentemente um escrito numa edição do tempo ou noutra moderna, numa edição mal impressa ou noutra tipograficamente perfeita, num bom como num mau papel, esse é um egoísta, cortado em meio em sua humanidade. Lê porque sabe ler, e apenas. O livro lido apenas para se saber o teor do escrito, é sempre singularmente subversivo da humanidade que trazemos em nós. O fenômeno mais característico desse individualismo errado, a gente encontra nos estudantes que, na infinita maioria, são pervertidos pelos seus livros de estudo. Não que todos os livros escolares sejam ruins, os rapazes é que ainda não aprenderam a ler. Leem pra saber a verdade que está nos livros, e apenas. O resultado são essas almas imperialistas, tão frequentes nos ginásios, vivendo em decretos desamorosos, incapazes de distinguir, comendo, dormindo, respirando afirmações. O estudante pernóstico, corrigindo os erros do pai!

Nas civilizações contemporâneas mais energicamente respeitosas do homem, as universidades, os livreiros se esforçam por apresentar o livro, não apenas como um repositório de verdades, mas como um fenômeno duma totalidade muito mais fecunda que isso. Pela boniteza da impressão, pela generosidade do papel, pelo conselho encantador das gravuras, os bons livros modernos não querem nos obrigar apenas a saber a vida, mas a gostar dela porém.

Ora já de muito, bem que venho matutando em que talvez a verdade menos deva ser um objeto de conhecimento, que de contemplação. Não será essa diferença fundamental que separa o encanto maravilhoso de Platão, da secura sem beijo de Aristóteles, no entanto, bem mais verdadeiro?... Não será esse engano das nossas civilizações, que as torna tão rasteiras, monetárias, dogmáticas, em oposição às grandes civilizações da Ásia, bem mais gostosas e sutis?...

E cheguei com certo esforço adonde pressentia que desejava chegar: o livro antigo, o manuscrito original, pela sua venerabilidade, pelo esforço de acomodação à leitura, pela exigência permanente de controle do que diz, não nos deixa nunca apenas na psicologia individualista de quem aprende, mas no êxtase amplíssimo, difuso, contagioso da contemplação. Ele nos reverte à nossa antiguidade.

Deixem que eu diga, mas nas civilizações novatas que nem as desta América, os seres são profundamente imorais, no sentido em que a moral é uma exigência derivada aos poucos do ser tanto indivíduo como social. Não nos custa a nós, americanos, aceitar religiões, filosofias, e mesmo importar civilizações aparentemente completas. O nosso dicionário vai de A pra Z, direitinhamente. Tem F tem L e tem R: Fé, Lei, Rei. O que não nos é possível importar é a precedência orgânica dessa Fé, dessa Lei e desse Rei, nascidos de outras experiências. Nós existimos pouco, demasiado pouco. Nós existimos em desordem. É que nos falta antiguidade, nos falta tradição inconsciente, nos falta essa experiência, por assim dizer, fisiológica da nossa moralidade que, só por si, torna a palavra "passado" duma incompetência larvar.

Isso nem o ótimo livro moderno conseguirá nos fornecer. O livro antigo é moral, com a sutil prevalência de não ser uma moral ensinada (que é sempre pelo menos duvidosa) mas uma moral vivida. É um banho inconsciente de antiguidade. E si na mão do bibliófilo o livro antigo é duma volúpia incomparável, estou que devemos arrancá-lo dessas mãos pecaminosas e botá-lo nas mãos rápidas dos moços. Convém tornar os moços mais lentos, e iniciar no Brasil o combate às velocidades do espírito. Que abundância de meninos-prodígios transfere a vida agora da beca difícil dos clérigos pro quepe chamariz dos generais... Vivo meio sufocando.

Eu desconfio que ninguém achará razão nestas palavras, quando o que me intitula é a Biblioteconomia. Mas pra mim foram os pensamentos sossegados que pensei e quis dizer. Para mim, que envelheço rápido, o pensamentos como vista já vão preciosamente perdendo aquele dom de precisão categórica, que define as ideias como as coisas nos seus limites curtos. De-fato a biblioteconomia é, dentre as artes aplicadas, uma das mais afirmativas. Diante desse mundo misteriosíssimo que é o livro, a biblioteconomia parece desamar a contemplação, pois categoriza e ficha. É engano quase de analfabeto imaginar tal desamor; e não foi sinão por um velho hábito biblioteconômico que, faz pouco, me fichei na categoria dos envelhecidos, o que posso jurar ser pelo menos uma precipitação.

Isso é a grandeza admirável da biblioteconomia! Ela torna perfeitamente acháveis os livros como os seres, e alimpa a escolha dos estudiosos de toda suja confusão. Este o seu mérito grave e primeiro. Fichando o livro, isto é, escolhendo em seu mistério confuso uma verdade, pouco importa qual, que o define, a biblioteconomia torna a verdade utilizável, quero dizer: não o objeto definitivo do conhecimento, pois que houve arbitrariedade, mas um valor humano, fecundo e caridoso de contemplação. E pelo próprio hábito de fichar, de examinar o livro em todos os seus aspectos e desdobrá-lo em todas as suas ofertas, a biblioteconomia *rallenta* os seres e acode aos perigos do tempo, tornando para nós completo o livro, derrubando os quepes e escovando as becas.

A Sra. Stevens
1930

Mme. Stevens².

— Sim, senhora, faz favor de sentar.

— Fala francês?

— ... ajudo sim a desnacionalização de Montaigne.

— Muito bem. (Ela nem sorriu por delicadeza). O sr. pode dispor de alguns momentos?

— Quantos a Sra. quiser. (Era feia).

— O meu nome é inglês, mas sou búlgara de família e nasci na Austrália. Isto é: não nasci propriamente na Austrália, mas em águas australianas, quando meu pai, que era engenheiro, foi pra lá.

— Mas...

— Eu sei. É que gosto de esclarecer logo toda a minha identidade, o Sr. pode examinar os meus papéis. (Fez menção de tirar uma papelada da bolsa-arranhacéu³).

— Oh, minha senhora, já estou convencido!

— Estão perfeitamente em ordem.

— Tenho a certeza, minha senhora!

— Eu sei. Estudei num colégio protestante australiano. Com a mocidade me tornei bastante bela e como era muito instruída, me casei com um inglês sábio que se dedicara à Metafísica.

— Sim senhora...

— Meu pai era regularmente rico e fomos viajar meu marido e eu. Como era de esperar, a Índia nos atraía por causa dos seus grandes filósofos e poetas. Fomos lá e depois de muitas peregrinações, nos domiciliamos nas proximidades

---

[2] Na edição número 974 do Diário Nacional publicado em São Paulo, no ano de 1930, o conto inicia com "Eu sou Mme. Stevens." (N. do R.)

[3] Na edição número 974 do Diário Nacional publicado em São Paulo, no ano de 1930, o conto chama esta bolsa de "Martinelli", em referência ao arranha-céu paulista. (N. do R.)

dum templo novo, dedicado às doutrinas de Zoroastro. Meu marido se tornara uma espécie de padre, ou milhor, de monge do templo e ficara um grande filósofo metafísico. Pouco a pouco o seu pensamento se elevava, se elevava, até que desmaterializou-se por completo e foi vagar na plenitude contemplativa de si mesmo, fiquei só. Isto não me pesava porque desde muito meu marido e eu vivíamos, embora sob o mesmo teto, no isolamento total de nós mesmos. Liberto o espírito da matéria, só ficara ali o corpo de meu marido, e este não me interessava, mole, inerte, destituído daquelas volições que o espírito imprime à matéria ponderável. Foi então que adivinhei a alma dos chamados irracionais e vegetais, pois que si eles não possuíssem o que de qualquer forma é sempre uma manifestação de vontade, estariam libertos da luta pela espécie, dos fenômenos de adaptação ao meio, correlação de crescimento e outras mais leis do Transformismo.

— Sim senhora!

— Como o Sr. vê, ainda não sou velha e bastante agradável.

— Minh...

— Eu sei. Com paciência fui dirigindo o corpo do meu marido para um morro que havia atrás do templo de Zoroastro, donde os seus olhos, para sempre inexpressivos agora, podiam ter, como consagração do grande espírito que neles habitara, a contemplação da verdade. E o deixei lá. Voltei para o bangalô e fiquei refletindo. Quando foi de tardinha escutei um canto de flauta que se aproximava. (Aqui a Sra. Stevens começa a chorar). Era um pastor nativo que fora levar zebus ao templo. Dei-lhe hospitalidade, e como a noite viesse muito ardente e silenciosa, pequei com esse pastor! (Aqui os olhos da Sra. Stevens tomam ar de alarma).

— Mas, Sra. Stevens, o assunto que a traz aqui, a obriga a essas confissões!...

— Não é confissão, é penitência! Fugi daquela casa, horrorizada por não ter sabido conservar a integridade metafísica de meu esposo e concebi o castigo de...

— Mas...

— Cale-se! Concebi meu castigo! Fui na Austrália receber os restos da minha herança devastada, e agora estou fazendo a volta ao mundo, em busca de metafísicos a quem possa servir. Cheguei faz dois meses ao Brasil, já estive na capital da República, porém nada me satisfez. (Aqui a Sra. Stevens principia soluçando convulsa). Ontem, quando vi o Sr. saindo do cinema, percebi o desgosto que lhe causavam essas manifestações específicas da materialidade, e vim convidá-lo a ir pra Índia comigo. Lá teremos o nosso bangalô ao pé do templo de Zoroastro, servi-lo-ei como escrava, serei tua! Oh! Grande espírito que te desencarnas pouco a pouco das convulsões materiais! Zoroastro! Zoroastro! Lá, Tombutu, Washington Luís, café com leite!...

Está claro que não foram absolutamente estas as palavras que a Sra. Stevens choveu no auge da sua admiração por mim (desculpem). Não foram essas e foram muito mais numerosas. Mas com o susto, eu colhia no ar apenas sons, assonâncias, que deram em resultado este verso maravilhoso: "lá, Tombutu, Washington Luís, café com leite". Sobretudo faço questão do café com leite, porque quando a Sra. Stevens deu um silvo agudo e principiou desmaiando, acalmei ela como pude, lhe assegurei a impossibilidade da minha desmaterialização total e, como a coisa ameaçasse piorar, me lembrei de oferecer café com leite. Ela aceitou. Bebeu e sossegou. Então me pediu dez mil réis pra o templo de Zoroastro, coisa a que acedi mais que depressa.

Aliás, pelo que soube depois, muitas pessoas conheceram a Sra. Stevens em São Paulo.

Voto secreto
7-XI-1934

Não sei, todos ficaram entusiasmados porque as eleições em São Paulo correram na "maior ordem"... Talvez haja o que distinguir. É incontestável que todos e a própria tendência para a disposição boa das coisas, que é tão da gente paulista, fizeram com que as eleições terminassem dentro do remanso dos nossos monótonos entusiasmos. Mas porém tenho a impressão bastante melancólica de que si houve a "maior ordem" prática, nem por isso deixou de ser devastadora a desordem mental.

Voto secreto. É possível que um dia a gente venha a usar, com direito de propriedade, desse presente subitâneo que nos deram. O presente ficou bonito lá fora, pra podermos falar que também no Brasil se emprega o tal. Mas aqui dentro, por enquanto, ele fez foi despertar aquele farrancho temível de mitos. Uma completa mitomania vai grassando por aí de vária forma. Mitomania não somente no sentido em que as paixões partidárias deformaram, falsificaram, esconderam. Até neste sentido é que a nossa mitomania atual é mais perdoável. Eu me convenci de que a imensa maioria estão absolutamente convencidos de que estão com a razão. Si perrepistas como peceístas deformaram, esconderam, falsificaram verdades, não fizeram nada disso intencionalmente. Pelo menos, em geral. Acreditavam no que diziam ou faziam, ardentemente movidos pelo desejo de salvar (!) o Estado. Infelizmente a salvação se resumiu em criar mitos. Culpa do voto secreto.

Não duvido que a ideologia democrática tenha tido o seu valor, mas hoje, diante das exigências do tempo, nem se sabe mais o que é. É um mito, duma larguez aquosa, tão adaptável ao PC como ao PRP. O resultado disso é que o voto secreto não conseguiu que adiantássemos um passo sobre 1930. Não se discutiu ideologias, ninguém se dedicou por sistemas, porém por indivíduos. Novos mitos também, estes indivíduos... Não discuto o valor de ninguém aqui, mas os chefes de partidos cujas ideias já não conseguem mais se agrupar em sistemas definidos, se viram guindados a deuses do Bem e do Mal. O chefe que pra uns era o mito do Bem, pra outros era mito do Mal. Daí não haver ideia possível. Dedicações de fanáticos, ódios erruptivos de apóstatas. Digo de apóstatas, porque neste caso incolor de PRP e PC, constituiu verdadeira apostasia deixar um partido por outro, quando ambos tinham a mesma religião!

Mas o voto secreto provocou nova mitomania mais curiosamente particular. Observei isso em centenas de pessoas com quem conversei. Foram talvez milhares os eleitores que se elevaram a mitos de si mesmos. Um dos processos desse individualismo empafioso consistiu (principalmente entre pessoas de certa idade e cultura de maior pretensão) consistiu em votar fora das chapas partidárias. O eleitor se julgando honestíssimo e dono de sua consciência (talvez outro mito...) batucava na máquina-de-escrever uma chapa mesclada, com os mitozinhos da sua simpatia, uns tantos do PC e outros tantos do PRP. Às mais das vezes, nem se dava ao trabalho de escrutar si não existiria por acaso no Estado, alguém, fora dos partidos, com mais possibilidades de formar um pai-da-pátria. As chapas estavam ali, escolhendo pela gente!... Cozinhavam dentro das chapas. Pouco se lhes dava atrapalhar, pouco se lhes dava a contradição do sistema, pois votavam em indivíduos de partido que seguirão seus partidos: importante era ele, eleitor, provável proprietário do seu voto. Voto em quem Eu quero. Imaginava estar usando do seu voto, quando estava apenas abusando do seu Eu.

Mas entre os moços e na burguesia mais pobre, observei outro abuso, muito curioso também. O voto secreto causou uma legítima bebedeira de liberdade que constatei em muitos. De posse duma arma que poderiam usar para castigo de chefes maus, estes eleitores se esqueceram completamente de julgar por si mesmos si os chefes eram de fato maus. Votaram contra. Votaram contra, não porque estivessem conscientemente contra, mas só para provar que podiam votar contra, t'aí!

E nesses brinquedos, de primeira vez se desperdiçou a infinita maioria do eleitorado. Cada qual votou num mito: uns votaram nos seus chefes ideologicamente inexistentes, outros votaram em si mesmos, também ideologicamente inexistentes. Jogados pra um canto, em minoria esmagada, outros eleitores ainda havia, a meu ver os únicos dignos de maior atenção. Os esquerdistas vermelhos e os fachistas. Cegos de ódio e antagonismo. Se diria presos a mitos também... Não eram mitos não: estão presos, não tem dúvida, mas conscientemente presos a ideologias perfeitamente delimitadas e fixas. Uns cantando antecipadamente a sua vitória, verdes, mas dum verde que não me dá muita esperança não. Outros, por uma aberração hedionda e, meu Deus! Natural dos princípios... liberais, não tendo direito de viver à luz do sol, perseguidos como leprosos. Ou como os primeiros cristãos... E não se pense que pretendo ficar assim, de camarote, assuntando o desfilar das tragédias humanas. Todos os sintomas do meu ser me lembram que sou filho de tipógrafo, alma de tipógrafo. Só que nesta desordem mental que o voto secreto açulou, vermelhos como verdes têm de mim o mesmo respeito. Foram os únicos que tiveram consciência do mundo e confiança nas ideias.

Problemas de trânsito
1939

Não é possível silenciar o acontecimento grave que foi para este levíssimo Rio, a Semana do Trânsito, instituída para ensinar aos cariocas a ciência de andar bem direitinho. Numa bela segunda-feira de maio, o centro apareceu cheio de inovações suspeitas. Alto-falantes bocejavam pelas esquinas, fechavam cada canto de calçada rijas cordas d'aço intransponíveis, e no meio das mais labirínticas encruzilhadas discursavam uns púlpitos cobertos por um casco arredondado, a que logo os cariocas deram o nome de "guarda-chuva de Chamberlain". Pouco depois toda essa aparelhagem agia, e a população, acossada por milhares de policiais palpitantes, começou a saber como se andava bem direitinho.

Era preciso mesmo. O Rio é uma cidade verdadeiramente catastrófica. Em certas horas de volta pra casa ou de ida para o trabalho, é quase impossível um pedestre atravessar as avenidas de beira-mar. Isso, os automóveis vêm feito um pororoca de epopeia, com violência impassível, de uma segurança portuguesa. Em certas ruas inda centrais e internas, como a do Catete, o movimento é tão vivaz, a impiedade dos bondes é tão portuguesa, o barulho, oh, principalmente o barulho é tão futebolístico, que em três meses, qualquer ser que se utilize um pouco da cabeça, fica tomado das mais estupefacientes fobias.

Manaus também me deu sensações catastróficas, com seu processo londrino dos veículos tomarem a esquerda em vez da direita, como me acostumaram estas cidades do sul. E como eu andava em automóveis oficiais, naturalmente indisciplinados e velocíssimos, não podendo berrar de susto por causa da boa educação, ah meu Deus! Dei mais suspiros que em toda a minha adolescência, que passei todinha suspirando à toa. Mas no Amazonas, rapazes, pelo contrário, o trânsito dos gaiolas é tão acomodatício, que a gente querendo, pra variar, deixa o vapor partir, e vai por terra pegar ele em de mais longe. Caso lindo foi aquele da cidadinha pernambucana que atravessei, pleno sol do meio-dia. O prefeito mui viajado tinha descoberto os problemas da circulação e na larga rua sem ninguém nem nada, havia um polícia de trânsito com o seu simbólico bastão. Estávamos ainda a uns cem metros, que ele, lentíssimo, com um largo gesto episcopal, tirava o bastão da cinta e nos avisava que a rua, completamente vazia, estava completamente vazia mesmo e podíamos passar. Passamos na volada. Mas percebi muito bem o sorriso do guarda. Tinha... sei que não exagero, tinha uma expressão de desamparada gratidão. Éramos nós por certo, aquele dia, os que primeiro lhe dávamos a esmola espiritual do "funciono, logo existo". E por isso o riso do guarda nos cantava: — Obrigado, meus manos, obrigado!

O carioca já vai procurando, com a sua galhofa bem humorada, reagir contra os transtornos psíquicos que está lhe causando esta boa educação transitória (de "trânsito"). Também os cantos fechados das esquinas já têm o nome de "corredor polonês". Mas a verdade é que os cariocas estão desanimadamente aflitos, limitados assim no seu individualismo liberdoso. Os guardas se esfalfam, gritando contra os desobedientes. É uma delícia compendiar os gritos deles: "Esse moço aí de branco! Não! O outro, de cara meia triste, tome a sua direita"! "Olha a mocinha de blusa marrom, espere empinada na calçada"! Uns verdadeiros santos!

O mais engraçado é que os alto-falantes são meramente teóricos, prelecionando sem atentar ao que se passa na rua. Lá num estúdio do Paraíso, um funcionário em estilo radiofônico intensivo, soletra normas teóricas de transitar, se imagine! Abriram o sinal verde, e o grupo "empinado" na calçada principia atravessando a rua. Mas o alto-falante grita: "Olha o sinal encarnado! Mais atenção! Não passe agora"! O grupo estaca aturdido. O guarda grita — "Passem, gente"! O alto-falante: "Olha aquela criança que vai ficar debaixo do automóvel"! Todos olham horrorizados, não há criança! Os automóveis estão paradíssimos! "Abriu o sinal branco! Pronto! Atenção! Abriu o sinal verde! Passem depressa!" Mas na verdade o sinal que se abriu foi o encarnado, o grupo quer passar, o guarda se esbofa "Não passei!", os autos avançam irritados com a espera, xingando. O pessoal foge em confusão.

E o rapaz da bicicleta? Vinha pedalando com desenvoltura, perdera um tempão com o passa-não-passa das esquinas, o patrão devia estar já com uma daquelas raivas portuguesas, na mercearia. O asfalto da esquina estava livre e o empregadinho atirou a bicicleta na travessia. Um apito violentíssimo parou nossa respiração. O rapaz olhou pra trás, era o guarda danado. "Não viu o sinal!" O rapaz voltou. "Não volte, ferida! É contramão"! Aí o portuguesinho desanimou. Fez um ar de desgraça tamanha, sacudiu a cabeça desolado, e com uma praga que não se repete, desapareceu, pôs a bicicleta no ombro, subiu na calçada e lá se foi com os mais fáceis pedestres, talvez pedestre para todo o sempre.

A negrinha chegou na beira da calçada, justo quando o guarda preparava o gesto largo para dar passagem aos autos. Os últimos dos atravessadores já estavam pelo meio da rua, e o guarda fez sinal à rapariga que esperasse a próxima vez. Ela esperou paciente. Depois que as máquinas passaram, o guarda mudou a direção do gesto, a negrinha podia passar. Mas sucedeu que ninguém mais aparecera pra passar daquela vez, só havia a negrinha. A avenida Rio Branco, suntuosa, com seus salientes monumentos, Teatro Municipal, Biblioteca Nacional, Escola de Belas Artes esperavam na manhã branca que a negrinha passasse, esperavam. "Passa, menina!" que o guarda fez impaciente. Ela olhou de um lado, do outro, pôs a mão na cara, tapando o riso:

— Ah! sozinha não! tenho vergonha!

Mesquinhez
1929

Temos que distinguir porém. Si é fato que existe em certas classes de sublimadores de vida (poetas, mendigos etc.) sincera incompetência pra viver, não é menos certo que muito indivíduo se aproveita disso pra não tomar atitude ante os fenômenos sociais. Dado que o artista, o cientista é um ser à parte, pois então vamos nos aproveitar disso. Sistematizam esse "estado de off-side" que é inerente à psicologia deles, e na verdade já não estão apenas à parte mais, criam mas é uma salvaguarda de indiferentismo e até sem-vergonhismo que lhes permite aceitar tudo em proveito pessoal.

Quando Julien Renda estabeleceu no livro bulhento dele, a condição do "clerc", ele não esqueceu de especificar bem que a contemplatividade do intelectual às direitas, não impedia este de se manifestar a respeito dos movimentos políticos e tomar parte neles. Mas disto os cultos brasilianos não querem saber. Si, entre escritores, ainda existem alguns que, talvez por mais acostumados a pensar, tomam partido, é absurdo como se estabeleceu tacitamente que pintores, músicos, arquitetos, fisiólogos e tisiólogos e teólogos são da neutralidade.

Neutralidade? É, eles chamam de neutralidade o que é muito boa falta de caráter. E a neutralidade que consiste v. g. no governo de Carlos de Campos, em tudo quanto era concerto, qualquer pecinha desse compositor lamentável, aparecer no programa. E me vinham: — "Você compreende, essa música é banalíssima, porém nós que pertencemos à classe dos músicos devemos honrar um, sim, um músico que está na presidência do Estado". E como a bondade pessoal de Carlos de Campos era mesmo um fato, aquilo rendia bem ao colega. Dele.

Este ano um pintor ainda me expunha suas teorias sobre a honradez profissional. Era assim: — "Você compreende (usam e abusam do "você compreende" arranjador gratuito de cumplicidade) você compreende, tudo isto que eu faço, não é minha arte não! Mas é disso que o povo gosta! Estas orquídeas, isso é passadismo do miúdo, mas Fulano, que você sabe a importância dele na Prefeitura, queria por força que eu pintasse orquídeas. Eu pintei e ele comprou! Estou envergonhado de ter um quadro assim na exposição, mas, você compreende, é por causa do nome do comprador. Mais tarde, quando eu não tiver mais cuidados pecuniários, então hei de fazer a arte que sinto em mim"!

E com isto, si receberem a encomenda de uma sinfonia pra Mussolini e um retrato de Napoleão a cavalo, fazem. Porque diz que o assunto não tem importância na obra-de-arte!... Me parece incontestável que estamos atravessando um momento muito importante, que pode despertar no povo brasileiro a consciência social — coisa que ele não tem. Ora não só músicos, tisiólogos e fisiólogos, mas até entre os literatos, vou percebendo uma pouca vontade vagarenta em tomar atitude. Parece que estão muito preocupados em cantar a mãe-preta, o seu rincãozinho, a sua religiãozinha, pra tomarem consciência verdadeira do momento que a nacionalidade atravessa, e vai bastante mais além desses lugares-comuns temáticos do novo "modernismo" de agora. No poema de Martin Fierro vem aquela estrofe honesta, que gosto muito:

Yo he conocido cantores
Que era un gusto escuchar,
Mas no quieren opinar
Y se divierten cantando;
Fero yo canto opinando
Que es mi modo de cantar.

Eu acho que também temos que cantar opinando agora. Há muito mais nobre virilidade em se ser conscientemente besta que grande poeta da arte pura.

Guaxinim do banhado
1929

O guaxinim está inquieto, mexe dum lado pra outro. Eis que suspira lá na língua dele: — Xente! Que vida dura, esta de guaxinim do banhado!... Também: diabos de praieiros que nem galinha criam, pra mim chupar o ovo delas!

Grunhe. O suspiro sai afilado, sopranista, do focinho fino, ágil que nem brisa. Levanta o narizinho no ar, bota os olhos vivos no longo plano da praia. Qual! nem cana tem ali, pra guaxinim roer...

E guaxinim está com fome. A barriguinha mais clara dele vai dando horas de almoço que não para mais. No sol constante da praia, guaxinim anda rápido, dum lado pra outro. O rabo felpudo, longo dele, dois palmos de guaxinim já igualado, é um enfeite da areia. Bem recheado de pelos, dum cinza mortiço e evasivo, dado a cor-de-castanha, na sombra. Guaxinim sacode a cabecinha, se coça: — Que terra inabitável este Brasil! Que governos péssimos, fixe!

E depois dessa exclamação consoladora, guaxinim se dirige pros alagados que estralejam verde-claro de mangue, quinhentos metros além.

Chegado lá, para um bocado e assunta em volta. Logo descobre um buraco. Cheio de cautela, mete o focinho nele, espia lá dentro. Tira o focinho devagar, desalentado. Olha aqui, olha acolá. Se chega para outra loca adiante. Repete a mesma operação. Guaxinim retira rápido o focinho. No fundo da loca, percebeu muito bem, o guaiamum. Então guaxinim põe reparo bem na topografia do lugar. O terreno perto inda é chão de mangue, úmido, liso, bom pra guaiamum correr. Só quase uns dez metros além é que a areia é de duna mesmo, alva, fofa, escorrendo toda, ruim pra guaiamum fugir.

— Paciência! Guaxinim murmura. Chega bem pertinho da loca, dá as costas para ela, medindo sempre com a pontaria dos olhos a distância do areião afastado. De repente, decidido, bota o rabo no buraco e chega ele de com força bem na cara do sobressaltado guaiamum, machucando os olhos de cogumelo do tal. Guaiamum fica danado e juque! Com o ferrão da pata de guerra agarra o rabo de guaxinim. Guaxinim berra de dor mas dá uma mucica formidável e sacode guaiamum lá na areião — voo de Santos Dumont, dez metro só. Isso pra guaiamum, coitadinho, é voo de Sarmento Beires, coisa gigante. O pobre cai atordoado, quase morto, que nem pode se mexer.

Guaxinim está grunhindo desesperado com a dor. — Ai! Pobre do meu rabo! Lambe o rabo, sacode a cabeça no ar, tomando os céus por testemunha. Lambe o rabo outra vez, se lastima, se queixa, torna a acarinhar o rabo, oh céu! que desgraçada vida essa de guaxinim do banhado!

O guaiamum lá na areia principia se movendo, machucado, num atordoamento mãe. Vem vindo pro mangue outra vez. Guaxinim corre logo e come o guaiamum. Lambendo o focinho, olha o rabo. Suspira: — Paciência, meu rabo.

Sacode outra vez a cabecinha e vai-se embora pro banhado, terra dele.

Tacacá com tucupi
1939

Quem me chamou uma atenção mais pensamentosa para a cozinha brasileira foi, uns quinze anos atrás, o poeta Blaise Cendrars. Desde que teve conhecimento dos pratos nossos, ele passou a sustentar a tese de que o Brasil tinha cultura própria (ou milhor: teria, si quisesse...) pois que apresentava uma culinária completa e específica. Sem impertinência doutrinária, era apenas como viajante de todas as terras que Blaise Cendrars falava assim. A tese lhe vinha da experiência, e o poeta garantia que jamais topara povo possuindo cozinha nacional que não possuísse cultura própria também. Pouco lhe importava que a maioria dos nossos pratos derivasse de outros vindos da África, da Ásia, ou da península ibérica, todos os povos são complicadas misturas arianas. O importante é que, fundindo princípios constitucionais de pratos asiáticos e elementos decorativos de condimentação africana, modificando pratos ibéricos, chegamos a uma cozinha original e inconfundível. E completa.

Alguns comedores bons discordam de que a nossa cozinha seja completa. Acham-na pesada e incapaz de criar jantares dignos, leves e cerimoniais. Culinária própria de almoço, exclusivamente. Não há dúvida que a maioria dos nossos pratos principais é pesada, mesmo grosseira. Pratos como a panelada de carneiro nordestina, o vatapá baiano, o tutu com torresmo são de violência estabanada. O efó preparado à baiana é tão brutalmente delirante que nem somos nós que o comemos, ele é que nos devora. A primeira vez que ingeri uma colherada de efó, a sensação exata que tive foi essa de estar sendo comido por dentro. Pratos que implicam a sesta na rede e o entre-sono... Alguns mesmo, nos deixam num tal estado de burrice (de sublime burrice, está claro) que não é possível, depois deles, comentar siquer Joaquim Manuel de Macedo.

Mas isto é meia verdade, e dentro da nossa culinária variadíssima temos o que comer a qualquer hora do dia e da noite. O sururu alagoano bem como o dulcíssimo pitu nordestino, são espécies delicadíssimas de manjar. Em todo caso, de modo grosseiro, pode-se dizer que há uma ascensão geográfica quanto ao refinamento e delicadeza da culinária nacional. À medida que avançamos para o norte, mais os pratos se tornam delicados.

Si principiamos no sul, o churrasco gaúcho nem pode-se dizer que seja prato de mesa; é antes comida de campo que tira parte do seu encanto em ser provada de-pé, entre os perfumes do vento e do fogo perto. E faz grande exceção em toda a nossa culinária característica, por ser um prato simples, que não se inspira apenas no seu elemento básico para combinações mais complexas, antes procura revelar a carne em toda a sua mensagem. Dir-se-ia, neste sentido, um prato inglês. Porque, filosoficamente falando, desculpem, diremos que a culinária pode se orientar por duas apenas, das três grandes ideias normativas que regem nossa humanidade: pelo Bem e pelo Belo. Está claro que, sendo necessariamente verdadeira e não interessando imediatamente ao... pensamento puro, a culinária põe a Verdade de banda. As cozinhas francesa e inglesa podem comparecer como protótipos das duas orientações normativas da culinária. A inglesa se orienta pela ideia do Bem: mais simples, mais franca, buscando apenas variar pelos molhos a monotonia das suas bases. Até o seu uísque de após janta, mais digestivo e funerário, é um valor fácil como a maioria dos heróis shakesperianos, si comparamos ao sabor montaigne de uma "fine". A cozinha francesa se orienta francamente pela ideia do Belo. As bases alimentares quase desaparecem, sutilizadas às vezes em combinações de um inesperado miraculoso. Isso é invenção desnecessária, é arte às vezes do mais gratuito hedonismo. Em geral a nossa culinária se dirige também pelas normas do Belo. Vindo do Sul para esta zona caipira, os nossos pratos já são ricas multiplicações. Em alguns deles chega a ser difícil descobrir qual a base alimentar inspiradora. A feijoada, por exemplo, em que o feijão deixou de ser o fundamento, pra se tornar o dissolvente das carnes fortes. E quase o mesmo diríamos do nosso cuscus paulista, que pondo de parte a farinha, se determina pela combinação principal, "cuscuz de galinha", "cuscuz de camarão".

Com a Bahia a violência dos pratos se acentua em mesa bem mais variada. Estamos no auge da influência negra: e uma brutalidade de zabumba, agressivamente misteriosa, cheia de carícias estupefacientes, arrasa os paladares, que caem no santo, completamente divinizados.

Da Bahia pro norte, os grandes pratos vão se tornando cada vez mais delicados. É certo que continuam ainda pratos ásperos, vem a panelada, vem o trágico tacacá com tucupi. Mas o Nordeste concorre com os seus pitus e sururus; e então uma sioba cremosa deslizando sobre o feijão de coco em calda, servida em porcelana translucidamente branca, isso é prato para o mais granfino jantar.

Mas, a meu ver, onde a culinária brasileira atinge suas maiores possibilidades de refinamento é na Amazônia. Todos já perceberam que pus de lado certas caças, encontráveis mais ou menos por todo o país, que podem nos dar pratos da maior delicadeza. O macuco baixa do poleiro com o seu sabor tão silencioso; e vem a ingênua paca no seu gosto irônico de estarmos prejudicando virgens; e principalmente o tatu-galinha, uma das nossas mais perfeitas carnes como sutileza do tecido. Mas são carnes que ainda não se culturaram e não sabemos tratar. A rusticidade jesuítica dos nossos costumes rurais, ignora *esse* requinte pecaminoso de descansar suficientemente uma caça, de modo que a aspereza do mato fique apenas como um... "back-ground" do paladar.

Não. É na Amazônia que milhormente podemos jantar. É lá que se encontra o nosso mais fino pescado de água-doce, ninguém pode imaginar o que seja uma pescadinha do Solimões! Ninguém pode imaginar o que é um "casquinho de caranguejo" distraidamente pulverizado com farinha-d'água. A tartaruga, principalmente a tracajá mais risonha, dá vários pratos suaves, e o pato de Marajá vagamente condimentado com o tucupi picante... Devo acabar aqui, pois estou ficando com vontade de comparar tais sabores com Morgan, Bergson e o engenhoso fidalgo Valéry. E certas frutas, principalmente o bacuri perfume puro, tratadas sem açúcar, viriam finalizar tais jantares, como versos de Rilke. E assim é que, nestes tempos aviatários, a minha experiência já vos pode dar este conselho: Almoça-se pelo Brasil, janta-se no Amazonas.

Fábulas
1931

No quase fundo do pastinho desta chacra, junto do aceiro da cerca, tem uma arvoreta importante, com seus quatro metros de altura e folhagem boa. No sol das treze horas quentes passa um velho arrimado a um bordão. Para, olha em torno, vê no chão um broto novo, ainda humilde, de futura arvoreta e o contempla embevecido. Quanta boniteza promissora nesta folhinha rósea, ele pensa. Já descansado, o velho vai-se embora. Diz o broto: — "Está vendo, dona arvoreta? A senhora, não discuto que é o vegetal mais corpudo deste pastinho, mas que valeu tamanha corpulência! Velho parou, foi para ver a boniteza rósea de mim". — "Sai, cisco! Que a arvoreta secundou; velho te viu mas foi por causa da minha sombra, em que ele parou pra gozar".

Ora andava o netinho do velho brincando no pasto, catando gafanhoto, nisto enxergou longe, lá na beirada do aceiro, um tom vermelho. Correu pra ele, era o broto, na intenção capitalista de o arrancar. Mas chegando perto, faltou ar pro foleguinho curto do piá, ele parou erguendo a carinha pra respirar e se embeveceu contemplando a arvoreta que lhe pareceu imensa no pastinho ralo. Esqueceu o broto que, de perto, já nem era encarnado mais, porém dum róseo sem força. Depois cansou também de contemplar a arvorita que nem dava jeito de trepar, deu um ponta-pé no tronco dela e foi embora. — "Ah, ah, riu a arvoreta, está vendo, seu broto? Você, não discuto seja mais colorido que eu, porém columim parou foi pra espantar com a minha corpulência". — "Sai, ferida! Que o broto respondeu; diga: porque foi que o columim te enxergou, diga! Porque! Ah, não está querendo dizer!... pois foi minha cor, ferida! Foi minha cor lindíssima que o chamou. Sem mim, jamais que ele parava pra te ver, ferida"!

Ora sucedeu chegar a fome num formigueiro enorme que tinha pra lá da cerca, e as saúvas operárias saíram campeando o que lhes enchesse os celeiros. Toparam com uma quenquém inimiga que, só de malvadeza, pras saúvas ficarem sofrendo mais fome, contou a existência do broto encarnado. As saúvas foram lá e exclamaram: — "Isso não dá pra cova dum nosso dente! Antes vamos fazer provisão nesta enorme árvore". Deram em cima da arvoreta que, numa noite e num dia, ficou pelada e ia morrer. O broto, sementezinha da arvoreta mesmo, noite e dia que chorava e que gemia, soluçando: — "Minha mãe! Minha mãe"!

Carecendo de fogo em casa, no outro dia, o velho saiu pra lenhar. Passou pela arvoreta que era só pau agora e ficou furibundo: — "Pois não é que essas danadas de saúvas me acabaram com a única sombra que eu tinha no pasto"! E de raiva, deu uma machadada no chão. Acertou justo no broto que se desenterrou bipartido e ia morrer. O velho foi buscar formicida e matou todas as saúvas que, aliás, já estavam morre-não-morre porque a folha da arvoreta era veneno. E o velho pegou de novo no machado e foi à procura dum pau pra lenhar. Enquanto isso, a arvoreta moribunda, com vozinha muito fraca olhava o broto arrancado no chão: — "Meu filho! Meu filho"!

— Onde que vai, vovô? Exclamou o netinho topando o importante machado no ombro do velho.

— Vou lenhar. O columim logo lembrou a árvore enorme que tanto o espantara na véspera: — "Pois então praquê você não derruba aquele pau grande que está na beirada do aceiro, lá"? — "Ora, que cabeça a minha"! Pensou o velho; "pois si não dá sombra mais e está perdida, milhor é derrubar a arvinha mesmo". Porém muito já que tinha se movimentado no ardente sol. Nem bem derrubou o tronco, veio um malestar barulhento por dentro, nem soube o que teve, fez "ai, meu neto!", deu um baque pra trás e morreu.

No outro dia, enquanto andavam fazendo o enterro chorado do velho, o netinho estava entretidíssimo com o tronco derrubado da arvoreta. Assim retorcido como era, fazia um semicírculo que nem de ponte chinesa, sobre o chão. Isso o menino fez, só que não imaginando na China. Era uma ponte formidável sobre um imenso rio. O columim atravessava a ponte, chegava do outro lado e era o porto. Então embarcava num galho da arvoreta, caído por debaixo da ponte, remava com outro galhinho e estava tão satisfeito que pegando a folhinha já roxa do broto, solta ali, enfeitou com ela o chapéu. Uma única saúva salva, que estava agarrada na folhinha do broto, mordeu a orelhinha do piá, que deu um imenso berro e foi embora chorando pra casa. Pra consolar o filho, a mãe deu uma sova no broto que ocasionara a mordida da saúva.

O menino viveu mais cinquenta e sete anos, casou-se, fez política, deixou vários descendentes. Uma quarta-feira morreu.

Meu secreta
1931

Celebro o meu secreta. Pouco antes da imensa revolução trintona, nos parecidos tempos do Perrepismo, quando se conspirava com volúpia, "nossa" casa viveu guardada por secretas. É verdade que não estavam lá por causa minha mas de meu político mano, deixem porém escapar aquele "meu" do título, que fica mais eufônico e satisfaz meus heroísmos. De resto, por tabela ou não, o caso é que eu estava guardado também, tomavam nota de mim, me seguiam na rua e mais carícias dos parecidos tempos do Perrepismo.

Pois o que eu quero agora é celebrar aqueles homens espiadores que guardaram esta rua Lopes Chaves e jamais não impediram que lá em casa fizessem tudo o que é preciso pra merecer prisão, bastilha e morte. Nem lembro mais deles bem... Tinham todos essa inexistência doce das políticas locais. Doce e perigosa, está claro. Pode levar a gente à correição, isso pode. Pode derramar as lágrimas das mulheres, o que é desolador. Mas tudo continua tão mesquinho... Que as rédeas: do governo estejam nesta ou naquela mão, si não são as mãos propriamente a causa destas ruindades... A ruindade está na forma das rédeas, companheiros. De mais: daqui a pouquinho, talvez cem anos, talvez menos, vem por aí abaixo uma guerra guaçu e afinal se acabam as nações. Estados Unidos deste Mundo. Capital? Qual será a capital?...

Celebro o meu secreta. Eu gostava principalmente era daquela fatalidade macia com que ele vinha, na entressombra da boca-da-noite, pousar na minha esquina, como a lua. Eu partia, outros partiam, meu mano ficava, ele ficava. Quando horas altas eu voltava, o meu secreta sempre ali. Às vezes aquilo me dava uma raivinha de calo, passava bem rente dele, encarando. Ele tocava no chapéu, como a lua. Minhas janelas abertas escutavam o ar da noite. Pouco a pouco eu distinguia, saindo do silêncio, o bengalão portuga do guarda-noturno. O bengalão vinha pausado até minha esquina, parava aí. De repente dava três pancadinhas impacientes. De repente dava uma bem forte, com ódio. Bengalão estava dizendo: "Olha, seu secreta duma figa, si você fizer alguma coisa pra essa gente que eu guardo, você apanha, heim"! Ficava ali um tempão. Era incontestável que o guarda-noturno tinha ciúmes do secreta. Uma feita, quando cheguei, lá estava o secreta na esquina e o guarda vinha vindo. Isso ele apressou a andadura portuguesa, veio ficar rente de mim pra que eu entrasse sem desgraça. Então nessa noite foi uma barulheira danada de bengalão. Tive que adiar o sono, ao acalanto desse zabumba confortante. Mas tempos depois secreta e guarda ficavam camaradas. Passavam a noite vasta conversando, senvergonhamente ali mesmo, na esquina. Não achei mais graça nenhuma, neles tinham virado gente.

Quando bateu enfim a revolução trintona, o secreta se valorizou, meu mano preso. O pior é que deu pra parar caminhão na minha porta, justamente quando! O secreta era obrigado a vir saber, "por ordem do dr. Laudelino", o que eram aquelas minhas novas estantes de livros, aqueles perus engradados que vinham da solicitude das fazendas amigas. Era peru mesmo, eram legítimas estantes de livros. Mas aquela espera dos dianhos, Mãe chorando, Itararé insolúvel, Getúlio, Getúlio, fui ficando irrespirável. Uma psicologia de estraçalho grunhia por dentro, como si valesse a pena! Não podia sair de-noite. De dia era aquela historieira de ir alimentar meu mano na jaula, enfim, uma psicologia de estraçalho, de acabar com aquilo duma vez. Ora eis que vou despedir uma visita de família, e o secreta diz-que postado abertamente no portão, espiando pra dentro. Não sei o que me deu, fiquei fulo. Só fiz foi pegar no chapéu e sair olhando o homem. Ele deu de andar pelo quarteirão de minha casa, mui lento, seguro de si. Fiquei parado, mãos nas ancas, desafiante, olhando o vulto que lá ia. Ele dobrou a esquina. Mas logo enxerguei a cabecinha dele espiando pra cá. Tornei a ficar com uma bruta raiva e me dirigi, vem-valiente! Pra lá. Fui rápido, quase correndo, porque estava decidido a não-sei-o-quê. Era incontestável que eu estava decidido, mas era também incontestável que não sabia absoluto a que estava decidido. Mas o homem percebeu e quando cheguei lá na esquina, ele já ia longe, quase no fim do quarteirão, andando também já numa certa pressinha. Olhava muito pra trás e quando me viu, apressou instintivamente o passo mais. Viu que me dirigia pra ele, dobrou a outra esquina mais depressa, e quando cheguei lá, que secreta nem nada! Já tinha dobrado decerto novas e mais esquinas, tinha partido por esse mundo, estava fazendo o circuito de Itapecerica, alugando pensão em Jacareí, não estava mais. Medo de mim não podia ser, está claro. Era, sem ele querer, essa espécie de malvadeza prudente, paliativos, paliativos, em vez de resolver num golpe o problema do café. Era Brasil. Quando cheguei em casa, estava desfatigado e pude esperar... até agora. E ainda posso esperar mais um bocadinho. Tenho uma incapacidade enorme pra me preocupar com políticas nacionais. Depois pra quê? Si mais dia menos dia, depois da guerra guaçu, vem mesmo os Estados Unidos deste Mundo.

Rei Momo
1935

Também quis celebrar o rei Momo e logo me vesti de azul e de encarnado. Então me olhei no espelho e esmoreci. Não é que eu imagine indignidade desumana a gente estar se preocupando de alegria num momento como este, em que positivamente o mundo vai de mal a pior. Afinal das contas, eu já cheguei também àquele alto de montanha, muito avançado no caminho da experiência, pra estar mais ou menos desconfiado de que sempre o mundo foi de mal a pior. E apesar disso ele ainda está aí, bastante ativo e um pouco perturbado. Talvez não faça mal que, de permeio a missões de S. O. S. financeiro e leis de segurança para os governinhos bastante perturbados, a gente se enlambuze, por uma quarta-feira apenas, com o zarcão da alegria. O que me fez esmorecer foram as cores que logo preferi pra me enfeitar.

São as cores tradicionais da alegria brasileira... Com elas se vestiram os zambis de mentira, tirados da escravaria, a que os padres, num gesto meio aborrecido, como viu Koster, entregavam cetro e coroa à porta das igrejas. Com o azul e o encarnado se distinguiam as facções guerreiras nas danças dos Congos e Gingas, bem como as dos nossos Congados e Moçambiques caipiras. Nas Cavalhadas, de norte a sul, eram ainda o azul e o encarnado que aformoseavam a gesticulação enfeitada de cristãos mouros. Cristãos de azul, cor de Deus, mouros de vermelho, cor do Sujo. E ainda até agora nalgum raro lugar, a rapaziada briga por um pedacinho de fita das mulatas do Cordão Encarnado ou do Cordão Azul, nos Pastoris...

Ora eu soube que chegou a esta cidade de São Paulo, quem? O rei Momo em pessoa. Mas eu não conheço o rei Momo, nunca tive argent pra ir na Europa. Qualquer dia havemos de ter por aí o Bruder Alex, o sultão T-Tulba e os outros bodes expiatórios, também enlambuzados de alegria, que permitimos reinem por toda uma quarta-feira, pra que, destruindo-os depois, levem consigo o nosso mal humano. É inútil: não levam não e ignoro as cores do rei Momo europeu.

Porque não se tentar trazer de novo a São Paulo o Sultão do Meio-Sol e da Meia-lua, das Cheganças, o Arrelequim do Bumba-meu-Boi, o Matroá fabulosíssimo dos Caiapós, ou milhor o rei Congo e a rainha Ginga?... Não estou censurando comissões de alegria, não é censura, é saudade. É este anseio meu, rabugento, de unir presente e passado, anseio de quem vê dia por dia, o homem sempre o mesmo, incapaz de beneficiar de suas próprias experiências. Pois já não estão querendo criar o Conselho Nacional do Algodão! Em cada gesto humano a gente percebe sempre, não a experiência, mas a macaqueação de trezentos séculos. "Repetição, tudo repetição", pra corrigir a atrasadíssima sabedoria salomônica. E si repetimos diariamente os erros milenários, si eles renascem com facilidade de erva e fecundidade suína, por que não tentar o renascimento de costumes que só desapareceram pela desordem dos chefes?

Dantes, as festas dadas pelos chefes pra que o povo se... se esqueça, tocavam base popular. Não era a Marinha que subia no tablado nem o rei Momo. Era o Armirante Mascaranha e o Surtão de Trugue-e-Metrogue. Nascia lá no transatlântico Portugal, o quem? O príncipe da Beira Baixa. Então estava convencionado que o brasileiro ficou alegríssimo e queria se divertir. Mandavam avisar de lá que os coloniais de cá tinham que mandar pra lá um presente de suponhamos um milhão de cruzados de cá pro bercinho do herdeiro macho. E isso era motivo de alegria fenomenal. E o suponhamos Ilmo. e Exmo. Sr. D. Luís Gonzaga de Sousa Botelho e Mourão, Governador e Capitam General da Capitania de São Paulo, decretava grandes alegrias públicas, de que algum áulico poeta escreveria, em letra iluminada, a Relação. Ah, como esta vestimenta de azul e encarnado me amarga!... Estou imaginando num rei Congo diante do qual o próprio Governador se abaixasse, pra lhe pegar o cetro caído, como sucedeu no Tejuco... Ou nalgum armirante de mentira, que nem aquele João Pacheco baiano, que fazia parar divisões do exército inteiras, pra trocar continências de estilo com generais de verdade... Um pouco de orientação em poucos anos faria renascer tudo isso.... E talvez isso trouxesse pelo menos uma justificativa mais humana aos decretos oficiais de alegria.

Idílio novo
1932

Oh! Quem são esses entes fugazes, duendes fagulhando na luxuosa cidade!... Eles brotam dos boeiros, das portas, das torres, rostos lunares, e a dentadura abrindo risos duma intimidade ignorada no ambiente gélido. Chatos, troncudos eles barulham, pipilam, numa fala mais evoluída que a nossa, fulgurante de vogais sensíveis e de sons nasais quentes, que são carícias perfeitas. Quem são esses sacizinhos felizes, confiantes nos trajes improvisados, portadores da alegria nova, estrelando na ambiência da agressiva cidade!...

Naquele recanto de bairro a casa não era rica mas tinha seu parecer. Aí moravam uma senhora e seus filhos. Era paulista e já idosa, com bastante raça e tradição. Cultivava com pausa, cheia de manes que a estilizavam inconscientemente, o jardinzinho de entrada e o silêncio de todo o ser. Suas mãos serenas davam rosas, manacás, consolos e, abril chegando, floresciam numa esplêndida trepadeira de alamandas, que fora compor seu buquê violento num balcão. Nos abris e maios do bairro, os automóveis passando, até paravam pra contemplar.

Outro dia estava a senhora lidando com as sedas sírio-paulistas da filha, quando a criada veio falar que tinha na porta um sordado. A senhora percorreu logo a criada com olhos de inquietação. Com as últimas revoluções a senhora tivera portão vigiado, armas escondidas, filho preso. Ergueu-se, recompôs o estilo do rosto, foi ver. No portão estava um tenentinho moreno, cheio da elegância, mais a mulher dele, menos flexível, achando certa dificuldade, se via, em se vestir com distinção. Mas ambos figuras duma simpatia imediata, confiantes como água de beber.

— Bom dia! Sorriam.

— Bom dia.

— Madame é a dona da casa!

— Sou.

— Nós passamos sempre por aqui! Achamos muito linda essa trepadeira que a senhora tem no balcão!...

— Como se chama essa flor!...

— Alamanda.

— Alamanda!

— É.

— Nós moramos ali em cima naquela casa grande da esquina, e Hosana sempre me chama a atenção para a sua trepadeira! aquela ali de frente não é tão bonita assim!

— É tão bonita. É a mesma.

— Não parece não! Não acha, Catita!

— Até parece outra, olha só a cor! Nós queríamos pedir à senhora que nos desse um galho pra plantarmos em nosso jardim!

— Eu dou o galho... Mas não sei si esta planta pega de galho. Comprei ela já crescida.

— A senhora quer que ajude! Hosana, vá com madame!

— Muito obrigado, não carece.

Então a senhora já completamente sossegada subiu ao balcão. Com a natural cordialidade pouco visível exteriormente nela, escolheu três ou quatro galhos bem robustos, foi cortando. Ela de lá, eles de baixo, estabeleceu-se logo uma conversação agradável, toda criada pelo tenentinho e sua mulher, que ainda durou no porta, com muitos agradecimentos do casal, já uma certa familiaridade e oferecimentos de casa e dos préstimos.

A senhora não soube corresponder porque nunca aprendera isso tão depressa. Meio que a assustava aquela intimidade com vizinhos, pedir coisas, mandar presentinhos, jeitos que jamais não tivera na vida nem lhe ordenavam os seus manes. Não pôde oferecer nada, aquela colaboração com vizinhos lhe desarranjava todo o silêncio. Mas soube sorrir com um "possível carinho" no adeus. E era incontestável que lhe ficava no peito uma espécie de felicidade. Não era verdade, ela sabia, mas sempre tinha no mundo alguém que achara as flores dela mais bonitas que a do jardim rico defronte. Estava próxima de querer bem o tenentinho e sua mulher.

Momento pernambucano
1934

Não há coisa mais apaixonante que ver a mocidade trepando na sacada dos livros ou na esquina das revistas pra poder falar. O que eles vão falar? "Brincadeiras de moços, sonhos de moços", sorrirão os experientes. Sim, serão sempre "brincadeiras", si quiserem, no sentido estético em que a arte será sempre um jogo. E serão sempre sonhos. Mas é que carece avançar mais profundamente nesses sonhos e brincadeiras, e reconhecer neles, além da mais vibrátil e boa condutora voz do tempo, o clamor de muitas reivindicações. A mocidade sofre bem mais que nós. Ela não se utiliza dessas morfinas espirituais da experiência e da paciência, com que a gente projeta nossas dores para um plano egoístico de contemplatividade, verificando com elas as sentenças e provérbios do mundo. O provérbio é um dos mais terríveis meios de estagnação da humanidade... A gente se consola na verificação de certas sínteses experientes e inócuas, se distrai nesse brinquedinho e não avança mais. Por isso os provérbios vivem na boca do povo, que é ramerrâmico e tradicional, ou das várias velhices de idade, experiência ou sabedoria, que são inativas e se alimentam da contemplação.

Estas melancolias me vieram com a leitura dos "Vinte-e-Seis Poemas" de Aderbal Jurema e Odorico Tavares, moços que clamam de Pernambuco. Um livro lindo. Talvez muitos da minha geração estejam pasmos desta afirmativa, diante de poemas que pouco parecerão esteticamente bonitos. De fato, eu também não "vejo" muita beleza, no sentido propriamente estético, em poemas como esses. E no entanto, lido o livro, o meu ser guarda toda uma sensação nova, quase inenarrável, de beleza radiosíssima. Mas é que o ângulo social donde a gente percebe esta beleza nova, é já um outro ângulo, de novo. Nós também já tínhamos mudado de ângulo, abandonando a fácil regra parnasiana, pra buscar, não apenas em ritmos novos, mas em assuntos do dia, e mesmo em assuntos conscientemente escolhidos maior função para a nossa arte. O que foi todo o nosso brasileirismo gesticulante, sinão um pragmatismo forçado? Desprovidos de bom-senso (graças a Deus!) não buscávamos a realidade brasileira, mas diversas idealidades dessa realidade, pra forçar a nota e normalizar assim em nós, os monótonos e esquecidos trejeitos da realidade brasileira. Certamente nisso é que fomos mais belos. A beleza, por exigência do tempo, já não residia mais tanto na obra de arte e sim no artista. A beleza estava mais em nossos gestos que em nossas obras...

Sem dúvida são muitos moços, e ainda não fizeram livros eternos, um Jorge Amado no "Cacau", num Amando Fontes com seus trágicos "Corumbás", e agora Odorico Tavares e Aderbal Jurema com estes poemas. Porém, há uma beleza profunda na atitude desses rapazes diante da vida. E dão um passo enorme sobre os de minha geração. São estas as vozes novas que ecoam forte os problemas danados do tempo. Os da minha geração saíram das torres e estúdios para a rua. Mas os novos desceram da calçada e se misturaram na multidão Será bem fácil reduzir suas obras a sentenças e provérbios. É facílimo verificar que a situação de certas classes não tem a "realidade" que *esses* livros cantam. Cantam mentiras. Não são mentiras não. São apenas "idealidades" duma realidade insuportável, insustentável, mais trejeitante ainda que a desses lirismos nascidos duma legítima paixão.

E eis por que, não apenas os gestos desses moços, mas também as obras deles, apesar de incipientes, são objetivamente belas. A maneira com que esses rapazes falam, era a própria que exigia o assunto deles. O verso em que Vergílio cantou Dido era perfeito. Pra Dido. E da mesma forma são perfeitos o decassílabo do "I-Juca Pirama" e o verso-livre de Manuel Bandeira. Porque não será perfeita a explosão crua destes estilos novos em assuntos novos?... Também com eles eu me esqueço de mim, favorecendo o amor, meu coração se torna comovido e minha inteligência se convence.

Arte, que desejas mais?

Ensaio de Bibliothèque Rose
1930

Fecha a porta, Ritinha! Olhe o golpe de ar no pescoço de seu pai!

Deu uma raiva nela. Sempre esse besta de golpe de ar! Pouco se amolavam que ela sofresse, que o mundo tivesse caído em cima dela e a vida não valesse mais a pena por causa de Fride. Fride era o Frederico tão lindo e sócio atleta do Paulistano. Não havia mais dúvida: Fride dera o fora nela e por causa disso o mundo caíra.

Nem bem acabara o trabalho da loja, correra ao encontro e Fride não estava. Esperou, esperou muito e se fez tarde. Nem com a carta, cheia de amor e paixão, ele viera, cachorro! E foi então que o mundo caiu. Abalou até o clube, doida, responderam que o Fride estava sim, foram chamá-lo. Fride não veio ou veio, não sabia direito. Estava tão distraída imaginando no mundo que caíra por cima dela, que quando olhou, parece que a porta se mexia fechando. E logo vieram dizer que Fride saíra.

E agora, nem bem entrava em casa, quando todos deviam correr pra ela, abraçá-la, pedir que ela não morresse tanto assim, já lhe gritavam que fechasse a porta depressa por causa do golpe de ar, ingratos! Também respondeu dura que já tinha jantado e foi pro quarto.

Deitou vestida mesmo. Lhe viera uma fadiga deliciosa com o passeio e esta noitinha de verão, meiga, quase fria com os ventos chegados da Serra do Mar. O corpo de Ritinha se desmanchava na cama, nessa voluptuosa desmaterialização das desilusões enormes. Só se materializou de novo quando os manos fazendo uma zoada vasta, entraram no quarto gritando que Pedro viera convidar pra um passeio na máquina. Os olhos de Ritinha brilharam de ódio, e ela foi até a porta da rua.

— Olha o golpe de ar no seu pai, Rita!

Fechou a porta com estrépito atrás de si. Os meninos já tinham se instalado no torpedo de aluguel, que brilhava, ainda em plena mocidade bem tratada. Pedro até era bem simpático, bigodinho já na moda e o moreno trazido do sertão. Só entrava às dez no serviço, e viera convidar, porque amava. Mas Ritinha se lembrou que o mundo tinha caído e que num momento desses ninguém se lembra de passear. Respondeu que não ia. Pedro ainda perguntou porque. Ritinha disse:

— Estou triste.

Ele insistiu um bocado, explicando que só entrava às dez no serviço que largaria às três da madrugada. Depois disse adeus e partiu muitíssimo triste. Ela entrou desesperada, prodigiosamente triste, com dois mundos, muitos mundos caídos por cima dela. Se atirou na cama e agora pôde chorar. Depois de chorar, dormiu. Acordou sobressaltada, não era nem meia-noite, ôh fome! Mesmo na mala, escondidos por causa dos manos, estavam os últimos chocolates que Pedro sempre lhe trazia do serviço antigamente, no mês passado. Mas uma desinfeliz não come, Ritinha imaginou. E ficou imaginando nos chocolates. Eram bem gostosos os chocolates, mas sempre lhe vinha aquela ideia deslumbrada de que o Fride era moço chique, só chofer de si mesmo naquela grandiosa baratinha em que ela passeara duas vezes. Passeios, aliás, sem calma por causa do Fride querer tanta coisa. Da primeira vez deu um beijo; da segunda deu muitos e aprendeu pra sempre que não devia mais passear na baratinha, não passeou. Mas Fride...

Levantou-se maquinalmente e foi buscar os chocolates porque não podia mais com a fome. Deitou de novo, mas que-dê sono! Só que estava bem alimentada agora, com força pra ser desinfeliz. Pedro não! Só Fride! Fride do meu amor e da minha paixão! Estava com muita sede, mas água não tinha no quarto, só na varanda. O relógio bateu tenebroso as três da madrugada. Era a hora em que Pedro acabava o serviço o mês passado e Ritinha, muito vestida da cintura pra cima, entreabria a janela pra dizer boa-noite e receber chocolates. Deu um desespero tão grande por Fride neste momento, que Ritinha se lembrou que devia suicidar-se, mas com o quê? Se atirar daquela janela baixa não matava. Ah! o golpe de ar! Tinham medo que o golpe de ar matasse o pai, pois ela é que ia morrer com o golpe de ar. Aquela perigosa combinação de porta da rua e corredor da varanda seria a arma do suicídio. E assim ela aproveitava pra beber água. Se olhou no espelho, estava bem vestidinha, pôs um pó-de-arrozinho no nariz.

Cautelosa mas com certa pressa, três e dez, foi à sala de jantar e matou a sede. Agora tinha que matar-se também. Tirou com muito jeito a tranca da porta da rua, abriu e fez uma fenda bem larga pra entrada do golpe de ar. Encostou a porta pra não bater. Depois sentou no lugar do pai, puxando o decote da blusa nas costas, oferecendo corajosa o pescocinho ao golpe de ar. E logo entrou um golpe de ar violento que fez Ritinha estremecer, que delícia! Que delícia morrer, ela pensava. O golpe de ar a enlaçava apertando Ritinha e cadeira no mesmo abraço musculoso, uivando com amor e paixão, "Ritinha! Ritinha!" E afinal não pôde, afundou os beiços ardendo no pescoço macio dela, pinicando com o bigodinho aparado, torrado pelo sol queimador do sertão.

— Ritinha faz isso não! O que passou, passou! eu caso com você!

Ritinha chorava manso, deixando que o lenço meio sujo, misturado com fiapos de fumo de rolo e cheiro de níqueis, lhe enxugasse as lágrimas bonitas. E o golpe de ar a erguia poderoso da cadeira de suicídio e mandava, escondido nos cabelos dela:

— Fecha a porta, Ritinha, vá pra cama, que você apanha com um golpe de ar!

Calor
1939

Calor... O Rio de Janeiro está na sua maior festa física de terra onde quem mandou o homem vir morar? O contraste é violentíssimo: percebe-se claro que tudo quanto não é ser humano ou animal de cultura, está gozando, se expandindo, se multiplicando, enquanto o homem sofre pavorosamente. Um pensamento só me preocupa o espírito vagarento: tudo quanto é ser humano sofre insofismavelmente, sofrem os pobres como os ricos, não há distinção de casta, nem de raça, nem de idade, martirizados pelo calorão. Mas tudo o que é desumano se deslumbra e revive num escandaloso esplendor. Pois é incontestável que também a falange das mulheres floresce traidoramente, adere franco ao delírio da vitalidade mineral e vegetal, tanto mais esplêndidas que o macho se mostra chucro e charro. Isto me inquieta pouco aliás, porque eu pago imposto, mas hei de continuar solteiro. Em todo caso, ajuntando recordações esparsas pelos anos, sinto mesmo que deve haver qualquer coisa de mineral nas mulheres.

Desta janela os meus olhos vão roçando a folhagem vertiginosamente densa da Glória e da praça Paris, buscar no primeiro horizonte, os arranha-céus do Castelo. A superfície da folhagem é feia, de um verde econômico, desenganadamente amarelado. Mas em baixo, dentro dessa crosta ensolarada, o verde se adensa, negro, donde escorre uma sombra candente, toda medalhada de raios de sol. Passam vultos, passam bondes, ônibus, mas tudo é pouco nítido, com a mesma incerteza linear dos arranha-céus no longe, ou, mais longe ainda, no último horizonte, a Serra dos Órgãos. Porque a excessiva luminosidade ambiente dilui homens e coisas numa interpenetração, num mestiçamento que não respeita nem o mais puro ariano. Os corpos, os volumes, as consciências se dissolvem numa promiscuidade integral, desonesta. E o suor, numa lufalufa de lenços ingênuos, cola, funde todas as parcelas desintegradas dos seres numa única verdade causticante: CALOR!

Estou me recordando dos outros grandes momentos de calor que já vivi... Três deles se gravaram pra sempre em minha vida, momentos sarapantados de infelicidade, desses que depois de vividos a gente sente certo orgulho em recordar. O mais conscienciosamente sofrido dos três, foi numa errada de meio-dia, alto sertão da Paraíba, junto à Borborema. Íamos de auto e fazia já seguramente duas horas que não encontrávamos ninguém, na estrada incerta que tomáramos. O mundo era pedra só, do seixo ao rochedo erguido feito um menir, tudo pulverizado de cinza, sob a galharia sem folha das juremas sacrais. Sob elas, o deus-menino do Nordeste, Mestre Carlos, o "que aprendeu sem se ensinar", adormecera pra sempre e se desencarnara, indo com mais amplitude fazer bem aos homens lá nos altos reinos. A hora aproximava do meio-dia, quando topamos afinal com uma casa, algum "morador" de fazenda, com certeza. Chamamos por gente, e no fim de certo tempo apareceu, palavra de honra que tivemos a noção perfeita de que o homem era Jesus. Um sertanejo belíssimo, completamente igual ao Jesus de Guido Reni, ou das verônicas que se vende por aí. Ficamos estarrecidos. Mas Jesus foi péssimo pra nós, a estrada que deveríamos tomar não era aquela não, mas a outra que fazia encruzilhada com a nossa, umas três horas de caminho atrás: era o pino do dia. Desde alta madrugada viajávamos assim, vindos do Assú, sem comer, recusando a água barrenta dos pousos, pois contávamos em breve almoçar e tirar um bom naco de conversa em Catolé do Rocha, espreitando os domínios do Suassuna. E agora só iríamos alcançar a cidadinha pela boca-da-noite, si Deus quisesse. Ah, ninguém não ouse imaginar o calor que principiou fazendo de repente! Um calor de raiva, um calor de desespero e de uma sede pavorosa que a raiva inda esturricava mais. Esse foi o maior calor que nunca senti em vida, o calor dos danados, em que falei palavras-feias, pensei crimes e me desonrei lupulentamente.

De outra espécie, dolorido, mas magnificentemente vicioso, foi o calor que aguentei no centro de Marajó, lago Arari. Entre as venturas da ilha, o verde inglês dos pastos, visita a búfalos e os sublimes pousos de aves, coisa de indescritível fantasmagoria, a nossa ingenuidade de turistas culminara de bom-humor com a vista do vilejo lacustre que boia na boca do lago. Nos transportamos para os tempos neolíticos, descobrimos a cerâmica, polimos a pedra e várias outras conversas de fácil erudição. Depois decidimos dar um passeio no lago e tomarmos assim um gostinho das inatingíveis jazidas do Pacoval, que ficavam do outro lado e estariam submersas naquela época de cheia. Porém, naqueles mundos amazônicos, não tem água que não guarde traição: nem bem avançávamos uns quinhentos metros no lago, que a lancha estremeceu, mordendo fundo no areião invisível, parou. Depois de uns três esforços para nos safarmos do encalhe, o mestre percebeu que a coisa era grave e o milhor era mandar o único bote em busca de socorro. Imaginamos logo o que seria de tempo, descer num bote de remo todo o rio mole, arranjar socorro e o socorro chegar até junto de nós... O calor já vinha afastando com severidade as brisas matinais do lago e o céu era sem nuvens. Nem foi tanto questão de calor, foi mais questão de luz. Aos poucos uma luz imensa, penetrante, foi engulindo tudo. Já mal se enxergava o vilejo lacustre, as margens tinham desaparecido. O amarelado solar foi clareando impassível, foi se tornando cada vez mais branco, incomparavelmente branco, e o vilejo desapareceu também, imerso no algodão que escaldava. O azul do céu diluiu-se na alvura de fogo que as águas espelharam sem piedade, brancas, assombrosamente brancas. A primeira consciência de sofrimento que tive foi de estupor, não tem dúvida, espaventado com aquela trágica massa de brancos luminosos em que tudo se engolfou tumultuariamente, num estardalhaço espalhafatoso de cataclisma. Não havia mais olhar que ousasse apenas entreabrir, mas as próprias pálpebras fechadas eram incompetentes para nos livrar da fatalidade da luz. O branco penetrava pelos poros, pelos ouvidos, pela boca, nada agressivo agora, nada impetuoso, mas certo, irrevogável, irrecorrível, alcançando os ossos, alcançando o cérebro que de repente como que parava, convulsamente branco também.

Hoje, às vezes, tenho desejo de sentir de novo a sensação medonha que sofri, tenho como que uma saudade daquele branco em fogo. Mas isso deve ser vício, pureza é que não é. Si escolheram o branco para simbolizar a pureza, deve ser mesmo porque a pureza é impossível de sustentar. Mas agora estou lembrando aqueles tapuios do vilejo lacustre, que lá viviam e ainda vivem, na convivência do assombro. Pois então, mudemos a conclusão e convenhamos que até com a pureza há gentes que conseguem se acostumar.

Enfim, a terceira lembrança de calor que guardo nos transporta a Iquitos, no Peru. Mas nesta, o calor não se colore de raiva nem de luz, nem de coisíssima nenhuma, é um calor só calor, e talvez por isso mesmo degradante e de pouco interesse experimental. Nós chegáramos à cidade (assim mais ou menos do tamanho de Mogi das Cruzes) com a indumentária de célebres, recebidos com aparato e o nobre presidente, de ponto em branco, no cais flutuante, para nos saudar. Fazia um calor de estafa, e depois de todo um cerimonial longo, e por aí uma centena de apresentações e consequentes apertos de mão, "muito prazer", o presidente se retirou enquanto o secretário dele me advertia em segredo que dentro duma hora seríamos esperados em palácio, para retribuição oficial da visita oficial. Teríamos que vestir pelo menos um linho mais escanhoado e o suor nascia como fonte, diluindo qualquer esperança de discrição. Me lembrei de tomar um banho frio, daquele frio relativo e sempre sujo, das águas barrentas do Amazonas. Mas quando principiou a cerimônia de enxugar o corpo é que se deu o acontecimento cruel: verifiquei apavorado que não havia nenhuma possibilidade de me enxugar. Nem bem enxugava de um lado, que o outro chovia em suores inesgotáveis, que calor! Foi então que sentei na cama da cabina e tive, palavra de honra, tive, aos trinta e muitos anos daquela existência seca, uma sensação degradante: vontade de chorar. Me nasceu uma vontade manhosa de chorar, de chamar por Mamãe, me esconder no seio dela e me queixar, me queixar muito, contar que não aguentava mais, que aquele calor estava insuportável, desgraçado, maldito! Enquanto ela docemente enxugaria as minhas lágrimas, murmurando: "Tenha paciência, meu filho, o calor é assim mesmo"... Si não chorei foi de vergonha dos espelhos. Porém, jamais me percebi mais diminuído em mim, mais afastado das bonitas forças da dignidade.

O calor desmoraliza, desacredita o ser, lhe tira aquela integridade harmoniosa que permitiu aos suaves climas europeus suas bárbaras noções cristãs, sua moral sem sutileza, e suas forças brutamontes de criação. Que se tenha conseguido implantar, neste calor brasileiro, laivos bem visíveis da civilização europeia, me parece admirável de força e tenacidade. E talvez tolice enorme... Milhormente nos formaríamos talvez como chins ou indianos, de místico e vagarento pensar.

Ritmo de marcha
1932

Do meu ônibus desembarquei na praça do Patriarca. Faltavam ainda uns quinze minutos e sem pressa entrei pela rua Direita, em busca do largo da Sé onde se realizava o comício. Mas nem bem entrei na rua a visão me surpreendeu, me agarrou, me convulsionou todo. E num átimo a carícia do meu bem-estar mudou-se num sentimento áspero de energia e de vontade.

Não era mais aquela multidão adoçada com os pirulitos das moças, que eu viera apreciando no ônibus, nem a largueza clara da praça onde tantas ruas desembocam lançando golfadas de pedestres irregularmente movidos. Embora muita dessa gente naquele instante demandassem o lugar do comício, ainda estava desritmada na amplidão da praça.

Mas entrando na rua estreita o espetáculo era outro, tudo se organizava num ritmo voluntarioso de marcha, formidável de caráter. Não se via uma cara só. O que se via era aquele ruminante ondular de ombros, e os passos batebatendo plãoque-plãoque no pavimento da rua, plãoque-plãoque, plãoque-plãoque. Um raro homem que vinha em sentido contrário estava miserável, com vergonha, quem sabe, uma doença em casa, algum outro dever imprescindível. Mas vinha mísero, de olhos no chão, num individualismo bêbado, sem nexo, nem sabendo andar. Ar de "danseur," era horrível. E que se esgueirasse, porque os ombros plãoque-plãoque não davam passagem, quadrados, decisão, inabaláveis, sem delicadeza, plãoque.

O comércio fugira assustado, fechando as casas, não havia vitrinas. Nem joalherias com suas joias, nem banhistas e cenas de baile nas casas de modas, as casas de música sem suas vitrolas, nem confeitarias de amor, namoros, chope, nada. Casas mortas na rua estreita, desabitadas de convites e feitiços, como a própria decisão. O luxo, o prazer, o cotidiano desaparecera da rua. A própria gente marchando se unificara numa quase inconcebível consciência bruta de coletividade: o ombro operário, o do estudante, o do burguês e o desse ilustre segurando o netinho de dez anos pela mão, plão. Militares, nenhum, aquartelados. Só os polícias mercenários, de longe em longe, feito belas adormecidas.

Livre de todas as cotidianidades da vida civil, aquela multidão ia a um comício. Ia contar seu desejo, ia exigir um bem comum. Ia berrar pela sua única verdade do momento, que os chefes não estavam querendo lhe dar. E aquela multidão assim, não era nem alegre nem triste, era trágica. Tinha perdido por completo o ar festivo das multidões. O ritmo era um só, binário, batido, ritmo de marcha, ritmo implacável de exigência que há de conseguir de qualquer jeito o que quer. E porque ansiosos por saber o que ia se passar no comício, todos estavam calados, todos guardados em si mesmos, decididos, num ritmo marcado de marcha, batendo com os pés no chão.

Tempo de dantes
1929

Este é um caso brasileiro da terra potiguar.

No município de Penha suponhamos que Antônio de Oliveira Brêtas era senhor de engenho, homem de seus trinta e cinco anos, casado com dona Clotildes, já sabe: cabeça-chata atarracado, falando alto. Dona Clotildes chamava ele "seu Antônio" e ele respondia "a senhora". A mana dela também morava no engenho que não era grande não, produção curta mas com uma aguardente famosa no bairro.

Na véspera de Ano Bom dançavam um pastoril muito preparado na vila da Boa Vista, ficada a umas três léguas do engenho e dona Clotildes quis ver. Chamou a negrinha:

— Vá dizer a seu Antônio que eu quero que ele me leve na Boa Vista, ver o pastoril.

A negrinha foi.

— Fale pra dona Clotildes que não quero ir na Boa Vista hoje.

A negrinha foi e voltou falando que dona Clotildes mandava dizer que queria mesmo ir ver o pastoril. O senhor de engenho embrabeceu:

— Pois si ela quiser ir que vá sozinha! Levo ninguém não!

Dona Clotildes teve raiva.

— Clotildes!... ôh Clotildes!...

Que Clotildes nada. O vestido caseiro estava sacudido na cama. Os sapatos caseiros por aí. Dona Clotildes tinha partido com a mana. Três de janeiro um vizinho portou no engenho, chamou Antônio de Oliveira Brêtas e deu o recado. Diz que dona Clotildes mandava pedir ao marido ir buscá-la, passado Reis.

— Foi sozinha! Pois que venha sozinha! Vou buscar ninguém não!

E não foi mesmo. Dona Clotildes decerto achou desaforo aquilo e ficou esperando na vila. Um mês passou. Mas, e agora? O senhor de engenho careceu de ir na vila por amor duns negócios, ir lá?... Parecia por causa da mulher... Mandou um amigo. Dona Clotildes soube, se moeu de raiva: agora é que não voltava sem seu Antônio ir buscá-la!

Dois meses passaram, três... Passou um ano, passaram dois, meus amigos! No engenho, seu Antônio vivia sozinho, não mostrando tristeza. Mas mandava limpar o quarto de casados sem que mudassem nada do lugar. O sapato direito sacudido no meio do quarto. O vestido caseiro dormindo de atravessado na cama aqueles anos inativos. E nove anos passaram.

Numa noite de lua dona Clotildes voltou. Antônio de Oliveira Brêtas fumava na sala de entrada, conversando com o amigo que viera comprar aguardente. Este chegou na porta da casa, se calou de repente, aprumou a vista:

— Compadre!

— Eu?

— Homem, parece eu é dona Clotildes que vem lá na estrada!...

— Hum.

Era dona Clotildes com a mana. Apeou do cavalo e chegou na porta.

— Dá licença, seu Antônio?

— A senhora não carece de pedir licença nesta casa.

Não houve uma explicação, uma recriminação, nada. Dona Clotildes entrou, foi até o quarto. O vestido caseiro dela, aquele, meu Deus! Faziam nove anos, estava até sacudido com raiva, de atravessado na cama. Os sapatos, mesma coisa, no chão, sem alinhamento. Quarto na mesma. Ar, na mesma. Nove anos passados. Dona Clotildes se trocou e como estavam na hora da ceia, mandou a agora moça-feita da negrinha botar a mesa. Cearam. Vieram as palavras cotidianas, quer isto? Quer aquilo? Quero, não quero não, dormiram, se levantaram, etc.

Esquina
1939

É chegado o momento de vos descrever minha esquina.

Eu moro exatamente na embocadura dum desses igarapés cariocas feitos de existências em geral apressadas — ruazinhas, vielas que nascidas no enxurro do morro próximo, desembocam na famosa rua do Catete. Estranha altura este quarto andar em que vivo... Não é suficientemente alta para que a vida da esquina se afaste de mim, embelezada como com os passados; mas não chega a ser bastante baixa pra que eu viva dessa mesma vida da rua e ela me marque com seu pó. Mas apesar dos quartos-andares e outras comodidades modernas que a cercam nos becos e praias próximas, a rua do Catete é ainda caracteristicamente uma rua a dois andares. O andar térreo, onde mascateia um comércio miúdo sem muitas ambições, e, tenham as casas três ou quatro andares, um só andar superior, onde se enlata no ar antigo, muitas vezes respirado, uma gentinha de aluguel.

Contemplando essa gente do segundo andar, me ponho imaginando a classe a que pertence. É um lento exército de infiéis, que fazem todos os esforços pra não pertencer à classe operária. Mas é fácil verificar que não chegam a ser essa pequena burguesia que vive agarrada ao seu bem-bom e indiferente a tudo mais. Não. É uma casta de inclassificáveis, cuja forma essencial de vida é a instabilidade. Enorme parte dela é pessoal do biscate, que a audácia faz pegar qualquer serviço, qualquer. Ou são empregados baratos que insistem em bancar alturas, e só começam vivendo quando de noite, no sábado, se transfiguram na roupa cinza e no sapato de praia, e vão por aí, feito gatos, buscando amor. Ou são costureirinhas, bordadeiras, chapeleiras que não trabalham na oficina, isso não! trabalham "particular", menos vivendo do seu recato ou tradição renitente, que da espera de algum príncipe que, as eleve a frequentadoras de bar. Há também as famílias: pai cansado, cujo exclusivo sinal de vida é o cansaço, mãe desarranjada que dá pensão pra estudantes de fora e as crianças, muitas crianças, de dois até treze anos. Porque é uma coisa terrivelmente angustiosa esta do andar superior da rua do Catete: a quase completa ausência de adolescentes. Com a rara exceção de algum estudantinho pensionista, não se vê uma só garota, um só rapaz de quinze até vinte anos. Não sei si morrem, si fogem — em qualquer dos dois casos buscando vida milhor.

Instáveis no trabalho, instáveis na classe, estes seres são principalmente instáveis na moradia. É mesquinho, mas ninguém mora mais de três meses na mesma casa. As famílias, os sozinhos chegam e da mesma forma partem, quase mensalmente. Mas sem ruído, com humildade sorrateira, mudanças tão reles que não chegam siquer a colorir a existência da esquina. E o andar superior da rua do Catete se enfeita de barbantes em cuja ponta acenam papelões, fazendo o sinal do "Aluga-se".

Minto. No meio de toda essa instabilidade, há um caso altivo que tem me preocupado até demais. Quase em frente da esquina, há uma casa de janelas fechadas. Desque cheguei aqui, faz um ano e oito meses, essa casa viveu sempre assim. De primeiro imaginei que ninguém morasse ali, e o andar estivesse condenado pela Higiene, que ideia minha! Si a Higiene quisesse agir, creio condenaria toda a rua do Catete. Afinal, uma feita, era pela manhã, percebi que uma nesga tímida se abria numa das portas de sacada da tal casa. A nesga foi se abrindo com muita lentidão, e afinal se aventurou pela abertura uma cabecinha de criança. Criou coragem, entusiasmada com o dia, entrou todinha na sacada, chamou outra da mesma idade e graça, e ambas se debruçaram sobre a rua, olhando tudo, mostrando tudo. E de repente, esquecidas, principiaram soltando felizes risadas. Pela abertura, se percebia que a sala estava inteiramente despida, nenhum móvel. Então apareceu uma senhora que não olhou pra nada, nem inquieta parecia. Apenas deu uns petelecos nas crianças e fechou tudo outra vez. De vez em longe a cena se repete inalterável. As crianças conseguem abrir a porta e se debruçam, brincando de ver a esquina. Não dura muito, surge a senhora que não olha mundo, dá uns petelecos nas crianças e fecha tudo outra vez.

E há o caso do rapaz que se olhava nu, altas horas num jogo de espelhos... E há o caso da gorda, o do paralítico a quem morreu a mulher que o tratava, o das duas irmãs, mas tenho que descer para o andar térreo. Na rua, quem vive são os operários. Este operariado do Catete, que mora por aqui mesmo, no fundo das casas, no oco dos quarteirões, nos vários cortiços que arriscam desembocar na própria rua. Muitos vivem de pé-no-chão, mesmo aqui, bem junto da sublime praça Paris. Não é gente triste, embora todos sejam de físico tristonho. O nível de vida é baixíssimo, só as mocinhas se disfarçam mais. Os outros, mesmo os jovens, mesmo os lusíadas resistentes, mostram sempre qualquer ombro tombado ou peito fundo, marca de imperfeição. Deles a vida não é instável, pelo contrário. São sempre os mesmos e já os conheço a todos. Esta gente, passados os vinte e dois anos e o "ajuntamento" legal ou não, não se movimenta mais: são os homens que vêm até a esquina. De noite, após a janta; ou nos domingos de camisa limpa, eles têm que descansar e divertir um bocado. Então vêm na esquina, se encostam nas árvores ou se ajuntam na porta dos botequins, conversandinho. Os bondes passam cheios do futebol que nos faz esquecer de nós mesmos. Mas estes homens nem de futebol precisam. Só conseguem é vir até a esquina, reumáticos de miséria.

Mas o bom-humor brinca assim mesmo nas bocas, até em horas de trabalho, e a esquina é um espetáculo em que há qualquer coisa de desumano, de macabro até. Como é que este pessoal consegue conservar um bom-humor que pipoca em malícias e graças! Esta gente parece ter a leviandade escandalosa do mar de praia que está próximo e se atreve a jogar banhistas quase nus até nesta esquina tão perfeitamente urbana. Mar também achanado, sem crista, de baixo nível de vida, este mar de porto... Nem ao seu parapeito podemos chegar em passeio, porque são tão numerosos os casais indiscretos quanto numerosíssimos os exércitos de baratas, baratinhas, baratões, num assanhamento de carnaval. E é monstruoso, é por completo inexplicável este amor entre baratas, coberto destas baratas que qualquer calorzinho põe doidas, avançam pelo bairro, cruzam lépidas a esquina, invadem o arranha-céu.

Gasto mais de metade do meu ordenado em venenos contra as baratas. Vivo sem elas, mas só eu sei o que isto me custa de energia moral. Altas horas, quando venho da noite, há sempre uma, duas baratas ávidas, me esperando. Si abro a porta incauto, perdido nos pensamentos insolúveis desta nossa condição, isso elas dão uma corridinha telegráfica, entrem e tratam logo de esconder, inatingíveis. Eu sei que, feito de novo o escuro no apartamento, elas irão morrer se banqueteando com os venenos que me custam a metade do ordenado. Mas me vem uma saudade melancólica dos meus ordenados inteiros, dos livros que não comprei, dos venenos com que não me banqueteei. Pra dar banquete às baratas. Às vezes eu me pergunto: porque não mudo desta esquina?... Mas sempre o meu pensamento indeciso se baralha, e não distingo bem si é esquina de rua, esquina de mundo. E por tudo, numa como noutra esquina, eu sinto baratas, baratas, exércitos de baratas comendo metade dos orçamentos humanos e só permitindo até o meio, o exercício da nossa humanidade. Não é tanto questão de mudança. Havemos de acabar com as baratas, primeiro.